HANNAH

Jean-Claude MOURLEVAT

Hannah
La rivière à l'envers - 2

POCKET JEUNESSE
PKJ·

L'auteur remercie le Centre national du livre
pour l'aide qu'il lui a apportée.

© 2002, éditions Pocket Jeunesse, département d'Univers Poche.

ISBN 978-2-266-14672-2

À ma mère

PROLOGUE

Je t'ai dit un jour, Tomek, qu'avant de pousser la porte de ta petite épicerie, j'avais connu bien des aventures incroyables. Et j'en ai connu de plus étonnantes encore tandis que tu dormais de ton long sommeil chez les Petits Parfumeurs, puis tandis que tu traversais l'océan. Tu m'as demandé souvent où j'étais pendant tout ce temps, ce que je faisais. Le moment est venu de te le raconter.

Mais avant de commencer l'histoire de mon grand voyage, je voudrais te dire que personne ne l'a jamais entendue de ma bouche et ne l'entendra jamais. À quoi bon ? On ne me croirait pas. On dirait que j'invente, que j'ai rêvé, que je suis folle, peut-être.

Toi seul me croiras, Tomek, après tout ce que nous avons vécu ensemble.

Cette histoire est la plus belle chose que je puisse t'offrir. Il existe bien sûr mille autres cadeaux que je pourrais te faire et beaucoup sont très beaux : connais-tu par exemple ces chevaux minuscules qui galopent sur la main ? Et la flûte qui, la nuit, joue toute seule parfois ? Et la fleur qui ne se fane jamais ? Et la pierre qui parle ? Je tâcherai de t'offrir tout cela si je le peux. Mais tu dois savoir qu'aucun de ces cadeaux n'égalera cette histoire que je vais te dire. À toi seul, car tu es ce que j'ai de plus précieux.

Tu ne poseras aucune question. Tu écouteras seulement, comme si c'était une musique. N'aie crainte, je n'oublierai rien. Pas le moindre détail. Quand j'en aurai fini, ma bouche se refermera dessus et ce sera tout. Je n'en parlerai plus jamais.

Et maintenant, écoute-moi.

CHAPITRE PREMIER

LE MARCHÉ AUX OISEAUX

Rappelle-toi, Tomek, la lettre que je t'ai écrite chez les Petits Parfumeurs. Je t'y expliquais comment mon père m'avait acheté cette passerine autrefois, dans notre grande ville du Nord.

C'était un matin de printemps. Je me revois perchée sur ses épaules, plus fière qu'une reine, dans la cohue du marché aux oiseaux. Tout ce que le monde connaît de bec et de plume était rassemblé là. L'oiseau-lyre délicat que le vendeur brandissait sur son poing tendu. Les inséparables, par milliers dans leur volière multicolore. L'autruche que son vendeur tirait derrière lui au bout d'une laisse, comme un montreur son ours. Les aras aux couleurs éclatantes, les colombes blanches comme neige, les tisserins, les bengalis… Cela sifflait, bruissait, roucoulait, piaillait, chantait. On dit souvent que les enfants ne connaissent pas leur

bonheur. Je connaissais le mien. Je le mesurais.
Avoir six ans, être perchée sur les épaules de son
père, tenir sa tête entre ses mains, regarder en dessous la ville ivre de couleurs et de bruits, et surtout
avoir le droit de choisir parmi tous les oiseaux du
monde celui qu'on rapportera chez soi.

*Quel oiseau veux-tu, Hannah ? Lequel te
ferait plaisir ?*

Voilà la question que mon père me posait
chaque année depuis ma naissance. Et chaque
année, je pointais mon doigt : « Je voudrais celui-
ci, je voudrais celui-là… » Il l'achetait aussitôt,
sans regarder au prix, et je l'ajoutais aux autres
dans ma jolie volière.

Pourquoi cette année-là ne suis-je pas arrivée à me décider ? Je ne sais plus. En tout cas, il
était presque midi et je n'avais toujours pas choisi.
Comme il faisait très chaud, mon père s'est engagé
dans une ruelle ombragée, à l'écart du tumulte, et
nous nous sommes assis sur les marches de pierre
d'une maison.

— Restons un peu ici, a-t-il dit, nous nous
reposerons.

Un homme était accroupi juste à côté de nous
avec une cage d'osier entre ses genoux. J'y ai
jeté un seul coup d'œil.

— Je voudrais celui-ci.

— Celui-ci quoi ? a marmonné mon père, qui
n'avait remarqué ni l'homme ni la cage.

— Cet oiseau-ci. Je le veux.

C'était une petite passerine bleu turquoise, avec sous le cou une tache d'un jaune vif éblouissant. Jamais je n'avais vu plus bel oiseau. J'en suis tombée amoureuse aussitôt.

L'oiseleur, un vieil homme maigre, a pris la cage et l'a posée devant moi pour que je puisse mieux regarder. Il ne semblait pas très bavard.

— Combien coûte-t-il ? a demandé mon père.

— Cinq cent mille livres plus une bouteille de rhum, a répondu l'homme le plus tranquillement du monde.

Comme nous ne comprenions pas, il a continué ainsi :

— Cinq cent mille livres, c'est le prix de l'oiseau. Et la bouteille de rhum sera pour me consoler de l'avoir perdu. Car cette passerine n'en est pas une. Elle est une princesse qu'un sortilège a transformée en oiseau, il y a plus de mille ans. Voyez son bec, voyez ses yeux. Elle voudrait parler et nous dire son histoire. Elle ne le peut pas. Elle se contente de chanter.

J'ai approché mon visage tout près de la cage et la passerine semblait me supplier : « C'est vrai ! C'est vrai ! Il faut le croire ! »

Mon père se taisait. Son regard allait de l'oiseleur à la cage, de la cage à l'oiseleur. Il allait ouvrir la bouche, pour marchander peut-être, quand l'oiseleur a repris :

— Je suis un vieil homme et je ne peux plus travailler. Elle est mon seul bien. Voilà pourquoi j'en demande cinq cent mille livres et pas un sou de moins. Plus la bouteille de rhum…

Alors mon père, qui était devenu fou le jour de ma naissance, je te l'ai déjà dit, Tomek, fou de bonheur, mon père est devenu fou une seconde fois. Il a seulement demandé au marchand de garder l'oiseau, qu'il lui faudrait quelque temps pour rassembler l'argent. En une semaine, il a vendu tous ses biens : ses maisons, ses troupeaux, ses terres, ses meubles, ses vêtements, ceux de mes frères et ceux de ma mère, il a vendu jusqu'à nos draps… Puis, comme ce n'était pas suffisant, il a emprunté à des usuriers. Et nous avons acheté l'oiseau.

Ma mère n'a pas pu supporter cela, elle est partie avec mes frères, emportant avec elle le peu qui restait. Elle a seulement laissé la passerine. Mon père et moi nous sommes installés dans une pauvre cabane. Il s'est loué comme homme-cheval et pendant trois ans il a tiré les voitures à bras dans les rues de notre ville qui sont très pentues. Un matin, il ne s'est pas levé. Il était mort d'épuisement. Je n'avais que neuf ans. Ce matin-là s'est achevée mon enfance.

Des parents lointains m'ont recueillie. Ils m'ont emmenée dans une ville du Sud, toute blanche et paisible. Leur maison était comme la ville : blanche et paisible. Il me fallait bien cela, car dans notre cabane, en peu de temps, je m'étais transformée en un vrai petit animal. J'ai dû réapprendre à manger proprement, à me laver chaque jour, à rentrer mes griffes… Ils ont été très patients avec moi.

Hoda, leur fillette, avait trois ans quand je suis arrivée. Elle est devenue la petite sœur que je n'avais jamais eue. J'ai été heureuse avec eux. Ils m'ont comblée d'affection. Pourtant, quelquefois, avant de m'endormir, je songeais à mon père et le chagrin m'accablait. Alors j'allais voir ma petite passerine et elle me consolait. Jusqu'à ce jour terrible où je l'ai trouvée au bas de son perchoir, tremblante, malade. Je l'ai prise au creux de ma main et je l'ai suppliée :

— Ne me quitte pas… Si tu meurs, il ne me restera plus rien d'avant…

Dans la profondeur des yeux noirs, la petite princesse de mille ans m'appelait : « Ne me laisse pas mourir… Il n'y a que toi qui saches qui je suis. Aide-moi… »

J'ai passé quelques jours terribles. Chaque matin, je m'attendais à la retrouver inerte et froide. Elle a survécu finalement, mais moi, j'ai commencé à vivre dans la peur. L'idée de la perdre m'était insupportable. C'était perdre avec elle la petite princesse, perdre la fillette que j'avais été et perdre tout ce qui me restait de mon père.

Et puis il y a eu ce conteur sur la place. Il a parlé de la rivière Qjar qui coule à l'envers et dont l'eau empêche de mourir.

— Elle se trouve quelque part dans le Sud, a-t-il expliqué, au-delà du sable et de l'eau… Il suffit d'avoir assez de courage et de vaillance pour la trouver.

Ma décision a été prise le jour même… Je sais que cela semble fou. Mais je suis un peu folle. À cause de mon père, sans doute.

Je suis partie au début de l'été, au moment où les nuits sont très courtes. Je me suis glissée hors de mon lit, en chemise, puis j'ai rassemblé en silence le peu que j'avais préparé : une couverture de laine, mes maigres économies serrées dans un mouchoir, une gourde et un sac rempli de menus ustensiles : ma brosse à cheveux, un petit miroir, un cahier d'écolier, un crayon… J'y ai ajouté quelques vêtements plus chauds et des provisions pour deux jours.

Enfin je me suis habillée. J'ai marché à pas de loup jusqu'à la chambre de mes parents adoptifs. Elle était fermée. J'ai posé mon front contre le bois de la porte et j'ai murmuré :

— Au revoir.

Je leur avais écrit plus de dix lettres, mais je les avais toutes déchirées. Comment expliquer à des adultes qu'on s'en va toute seule dans la nuit, à douze ans, et que c'est raisonnable ?

Ensuite je suis entrée dans la chambre d'Hoda.

— Hoda, Hoda, réveille-toi ! lui ai-je soufflé en caressant sa joue ronde et tiède.

Elle a ouvert un œil et m'a souri, tout ensommeillée.

— Hoda, je m'en vais, tu sais. Je pars pour quelque temps. Mais je reviendrai bientôt, c'est promis. Demain tu le diras à nos parents et tu les embrasseras pour moi, tu veux bien ?

Elle a hoché la tête, signe que oui, elle le ferait, mais pour être sûre je lui ai demandé :

— Que feras-tu demain matin ?

— J'embrasserai papa et maman de ta part, a-t-elle répété, obéissante.

— Oui, c'est bien. Et que leur diras-tu ?

— Que tu reviendras bientôt…

Elle a bâillé, s'est retournée.

— C'est bien, dors maintenant.

Elle dormait déjà quand je l'ai embrassée. Je suis allée à la cage de ma petite passerine. Je n'ai pas soulevé le tissu de velours de peur qu'elle ne se mette à chanter. Je me suis seulement agenouillée et j'ai chuchoté :

— Au revoir, mon oiseau. Je vais chercher pour toi un peu de cette eau qui empêche de mourir. Je la rapporterai et j'en mettrai une goutte dans ton bec. Tu m'attendras ? C'est promis ?

Comme aucun bruit, aucun frôlement ne me parvenait, je n'ai pas pu m'empêcher de passer mon doigt sous le tissu. Aussitôt, j'ai senti des petits coups de bec sur mon ongle.

— Tu me dis au revoir ? Tu savais que j'allais partir ?

Elle s'est laissé caresser sous le cou, sagement.

— Ça veut dire que tu attendras ? Que tu essaieras d'attendre ?

Pour finir, j'ai attaché sur mes épaules la couverture roulée, j'ai pris mon sac et franchi la fenêtre ouverte de ma chambre.

Le ciel était lumineux, la nuit très douce. Je me suis hâtée vers la place d'où partent les diligences. En s'en approchant, on entend de plus en plus fort les chevaux qui s'ébrouent, les voix des cochers qui s'interpellent, le bruit des bagages qu'on jette sur les galeries. Cela donne des envies de voyage, même à ceux qui n'ont nulle part où aller.

— Où elle va, la jolie demoiselle ?

J'ai rougi. Je n'étais pas partie depuis un quart d'heure et déjà on me parlait comme à une jeune fille ! Je n'ai d'abord vu que les yeux rieurs du garçon, et sa tignasse rousse tout ébouriffée.

— Je vais… vers le sud, ai-je répondu.

— Loin ?

— Oui…

— Jusqu'à Ban Baïtan, peut-être ?

C'était davantage une plaisanterie qu'une vraie question. Et le jeune homme semblait trou-

16

ver cela très drôle. Il se tenait debout près d'une diligence attelée de deux paisibles chevaux noirs.

Ban Baïtan… J'avais entendu ce nom-là plusieurs fois déjà de la bouche de mon père adoptif. Il s'en servait pour dire « très loin », ou bien « là où personne ne va »… Si bien que je ne savais pas au juste si cet endroit existait vraiment. Je me demande ce qui m'a pris. Ou plutôt je le sais parfaitement : je n'aime pas qu'on se moque de moi et j'ai voulu clouer le bec à ce garçon.

— C'est ça. Je vais à Ban Baïtan.

Il est resté muet un instant, puis il a sauté à côté du cocher qui attendait sur la diligence, enveloppé dans une grande cape noire. Ils ont échangé quelques mots et le cocher s'est retourné pour mieux me voir. C'était un très vieil homme. Des rides profondes comme des ravins creusaient son visage. Ils ont encore parlementé un moment. Je me demandais bien ce que signifiaient ces messes basses. Que pouvait-il y avoir à discuter ? Et pourquoi le vieux m'observait-il avec tant de curiosité ? Finalement, le jeune homme est redescendu de la voiture :

— Vous allez vraiment à Ban Baïtan ?

Je n'ai même pas répondu. J'ai seulement fait un petit mouvement d'épaules : « C'est tellement étonnant de vouloir aller à Ban Baïtan ? Quittez cet air ahuri et faites plutôt votre travail. »

17

Le garçon a hésité encore un peu, mais devant mon assurance il a fini par s'avouer vaincu :

— Très bien, mademoiselle. Désirez-vous que je charge votre sac sur la galerie ou préférez-vous le garder ?

— Je le garde avec moi.

— Comme vous voudrez, mademoiselle.

J'étais assez satisfaite de son changement de ton, mais je n'ai pas perdu la tête pour autant et, comme il empoignait mon sac pour le poser dans la diligence, j'ai demandé :

— Combien me coûtera le voyage ?

— Rien du tout. Certainement rien du tout. Appuyez-vous sur mon épaule pour monter, le marchepied est assez haut sur ces vieilles voitures.

Rien du tout ? J'aurais dû me méfier : « Attention, Hannah, c'est peut-être dangereux, prends garde. » J'ai essayé d'avoir peur mais je n'ai pas réussi. Ce garçon aux cheveux roux était sans méchanceté. Je sais voir ces choses-là. À peine avais-je pris place dans la diligence et remarqué que j'étais la seule passagère, déjà elle se mettait en mouvement. Les chevaux, d'abord au pas à cause de l'encombrement de la place, se sont mis au trot dans les rues moins peuplées. Peu après, nous sommes passés devant notre maison. Peut-être ma mère adoptive se retournait-elle à l'instant dans son lit en se disant : « Tiens, c'est la diligence du Sud qui passe… » J'ai failli taper du poing, appeler : « Attendez ! attendez… c'est une erreur… je ne veux plus partir… laissez-moi descendre ! »

Mais je n'en ai rien fait.

Nous avons traversé les faubourgs de la ville, puis laissé derrière nous les dernières lumières. Enfin, la diligence s'est enfoncée dans la nuit claire, sur la route toute droite qui s'en va vers le sud.

CHAPITRE II

DANS LA DILIGENCE

La banquette de cuir rouge était très confortable et je l'avais tout entière pour moi. Je me suis enveloppée dans ma couverture et, bercée par le balancement régulier de la diligence, j'ai trouvé le sommeil presque aussitôt. Il s'est alors passé cette chose étrange : je me suis mise à rêver que les chevaux n'étaient plus deux mais quatre, et qu'ils galopaient à bride abattue. Ils fendaient la nuit devant eux, avalant la route avec rage, franchissant d'un bond les ponts et les rivières, crinière au vent. Leur pelage luisait de sueur et la vapeur s'échappait par nuages de leurs corps fumants. C'est à peine si la diligence touchait terre. Le vieux cocher, debout, faisait claquer son fouet et les exhortait sans cesse : « Yaah ! yaaah ! » À mon réveil, encore étourdie, j'ai passé la tête à la fenêtre. Il faisait frais. L'obscurité avait gagné maintenant, et les chevaux, qui voient très bien dans la nuit, trottaient calmement. Mes deux compagnons de voyage n'avaient pas bougé et je distinguais leurs dos immobiles. J'ai eu envie de les appeler : « Tout va bien ? », juste pour entendre une voix, mais j'ai pensé qu'ils s'étaient peut-être assoupis, que les chevaux allaient tout seuls, et je me suis tue. J'ai regardé longtemps les étoiles dans le ciel, puis je me suis rendormie d'un sommeil tranquille et profond. Voilà comment s'est passée cette première nuit dans la diligence. Je n'imaginais pas qu'il y en aurait d'autres. Beaucoup d'autres…

Le garçon s'appelait Grégoire. Il avait seize ans. Ne sois pas jaloux, Tomek, mais quand je repense à lui je ne peux pas m'empêcher de sourire et d'éprouver de la tendresse. La diligence avait quatre fenêtres étroites, plus une petite lucarne vers l'avant et, aux moments les plus inattendus, la tête échevelée et rousse de Grégoire surgissait dans l'une d'elles, à l'endroit, à l'envers, tirant la langue ou faisant d'horribles grimaces. Le jour, c'était drôle ; la nuit en revanche il me faisait peur. Le plus souvent, il se tenait assis à côté du vieil homme, à l'avant, et je les entendais rire ou bavarder. Mais il ne tenait pas en place longtemps et, à la moindre occasion, il abandonnait son poste pour recommencer ses pitreries.

Pendant les premiers jours, nous avons croisé quelques rares voyageurs sur la route, ou bien dans les auberges où nous nous arrêtions parfois. Mais plus nous descendions vers le sud, plus nous étions seuls. C'est au bout de la première semaine, je crois, qu'une journée entière s'est passée sans que nous rencontrions âme qui vive : désormais, nous n'étions plus que tous les trois. Le paysage aussi avait changé. Fini les rivières, les arbres et les champs. Nous roulions maintenant sur un chemin rectiligne et poussiéreux, dans une plaine interminable… Alors Grégoire a pris l'habitude de s'installer sur le marchepied pour me faire la conversation. Il appuyait sa tête à la fenêtre et nous bavardions comme cela, à demi somnolents :

— Dis-moi, Grégoire, tu travailles depuis longtemps avec le vieux monsieur ?

— Avec Iorim ? Depuis toujours. Comme mon père, mon grand-père et mon arrière-grand-père. Ils ont toujours travaillé pour lui.

— Il est bien vieux, alors ?

— Oui, il est bien vieux…

Nous pouvions nous taire plusieurs minutes avant de reprendre :

— Et quel âge a-t-il donc ?

— Il aura cent ans le mois prochain…

— Cent ans !

— Oui, cent ans. Il les fêtera à Ban Baïtan.

— À Ban Baïtan ? Tu veux dire que nous n'y serons pas avant le mois prochain ?

— Je n'ai pas dit ça. Veux-tu un peu d'eau fraîche ?

Sans attendre ma réponse, il atteignait la malle arrière en quelques acrobaties et m'en rapportait un gobelet d'eau, quelques fruits secs ou un morceau de fromage. Il me parlait volontiers de tout et de rien, mais dès qu'il s'agissait de notre voyage, il était difficile de lui tirer plus de quatre mots :

— Comment se fait-il, Grégoire, que je sois la seule passagère ?

— Tu t'en plains ? Tu es mal traitée ?

Mal traitée ? C'était tout le contraire. Au fil des jours et des nuits, il me venait même à l'idée que j'étais une princesse dans son carrosse, que Iorim, le vieux cocher, était mon père le roi, et Grégoire… mon prince ! J'adorais nos campements du soir. C'était l'occasion de se dégourdir les jambes. Grégoire bondissait en tous sens. Allumer un feu, préparer le repas, s'occuper des chevaux, il savait tout faire. Je l'aidais de mon mieux. Nous mangions toujours dans la bonne humeur et les soupes les plus ordinaires semblaient succulentes. La nuit venue, Grégoire lavait les pieds de Iorim dans une cuvette d'eau savonneuse. Il faisait cela en silence et prenait tout son temps.

Je dormais seule dans la diligence. Grégoire et Iorim, eux, couchaient dessous, bien emmitouflés dans leurs couvertures. Certaines nuits, le vieillard ronflait très fort et cela nous faisait rire.

Le matin, Grégoire ranimait le feu pour le café, nous prenions un bon petit déjeuner et nous repartions dès le lever du soleil. Toujours droit vers le sud.

Un beau jour, j'ai demandé à Grégoire :

— Qu'allez-vous faire à Ban Baïtan ?

Il s'est troublé un instant, puis il a éclaté de rire :

— Et vous, mademoiselle ?

Moi, je n'ai pas ri, et il a compris que, cette fois, il fallait me servir autre chose qu'une bêtise :

— Je te le dirai quand nous serons de l'autre côté de « ça ».

J'ai suivi du regard la direction de son doigt : au loin, une gigantesque chaîne de montagnes barrait l'horizon.

— Nous allons traverser cette montagne ?

— Il le faudra bien…

— C'est haut ?

— Ça s'appelle la Route du Ciel.

— La Route du Ciel ?

— Oui. Il paraît que là-haut on a l'impression d'être dans le ciel.

— Il paraît ? Tu n'y es jamais allé, toi ?

— Personne n'y est passé depuis plus de cinquante ans…

— Ah ! Et pourquoi donc ?

— Je ne sais pas…

— Et Iorim ? Il la connaît, lui ?

— Je te dirai tout une fois de l'autre côté. Si on y arrive…

Je n'ai pas pu en savoir davantage.

Deux jours plus tard, nous étions parvenus au pied de cette montagne et le chemin a commencé à monter. Cela changeait de la grande plaine ennuyeuse. Comme les chevaux allaient au pas, je pouvais les suivre sans trop de peine derrière la diligence.

À la fin de l'après-midi, nous avions déjà atteint une bonne altitude, car l'air était vif. Nous avons installé notre campement près d'un magnifique lac vert. Mais pas question de se baigner dans son eau glacée. Autour du feu, Grégoire n'a pas dit plus de trois mots ce soir-là. Il levait à chaque instant les yeux vers le sommet de cette montagne que nous aurions à franchir le lendemain, et il avait du mal à cacher son inquiétude. Iorim, lui, paraissait aussi tranquille qu'à son habitude.

Dès le lendemain matin, j'ai compris que la « Route du Ciel » n'avait de route que le nom. En réalité, ce n'était qu'un chemin malaisé qui s'élevait en lacets innombrables. Parfois, il fallait même s'arrêter pour dégager les pierres qui encombraient le passage. Nous n'avancions plus qu'à grand-peine. Il était midi passé et le chemin se faisait de plus en plus étroit quand Grégoire a poussé un cri. Un cri de terreur et d'émerveillement à la fois.

Comme je marchais un peu à la traîne, j'ai couru, dépassé la diligence et, à mon tour, je n'ai pu m'empêcher de crier. Le chemin semblait se jeter dans le vide, et les chevaux avaient stoppé net. J'ai saisi le bras de Grégoire et nous nous sommes avancés avec prudence. Un canyon gigantesque séparait la montagne en deux.

— Regarde au fond du défilé, m'a-t-il soufflé, c'est l'ancienne route, celle qu'on empruntait du temps de Iorim.

— Et on n'y passe plus ?

— Non. À cause du Grand Effondrement. C'est arrivé il y a une cinquantaine d'années. Des rochers énormes ont roulé dedans et ont obstrué le passage. Voilà pourquoi nous avons pris ce chemin. Autrefois c'était celui des voleurs et des brigands.

Nous sommes restés un long moment silencieux. Des aigles aux ailes immenses planaient dans le ciel. « Ainsi s'achève notre voyage », avons-nous pensé, et nous nous sommes retournés vers Iorim. À notre grand étonnement, le vieil homme n'était plus assis à sa place. Il se tenait debout contre la paroi rocheuse et observait l'étroit chemin accroché à la falaise. Nous avons compris aussitôt à quoi il songeait et d'une même voix nous l'avons supplié :

— Iorim, non !

Il nous a fait signe de venir à lui et il a parlé ainsi :

— Les enfants, nous ne pouvons pas faire demi-tour. Il n'y a pas assez de place pour cela. Et je n'abandonnerai ni mes bêtes ni la diligence avec toutes nos provisions. Nous allons continuer. Je marcherai seul devant et je guiderai les chevaux. Il me semble que la diligence passe tout juste. Mais n'y montez pas car elle risque de basculer dans le vide. Il vaut mieux marcher derrière au plus près de la roche. Faites ce que je vous dis.

Et comme nous ne réagissions pas, il a ajouté :

— Vous n'avez pas peur, tout de même ?

Nous n'avions pas peur. Non, nous étions seulement horrifiés, terrifiés et absolument épouvantés ! Mais que faire ? Nous avons obéi.

Grégoire a aidé Iorim à mettre des œillères aux chevaux, du côté du précipice seulement, puis il m'a rejointe derrière la diligence. Alors ont commencé les kilomètres les plus longs de toute notre existence. Cela allait si lentement ! On voyait à perte de vue le fragile chemin suspendu à l'à-pic de la montagne. Quelquefois l'équipage s'arrêtait. Sans doute les chevaux refusaient-ils de faire un pas de plus, affolés, sans le voir, par l'abîme qui s'ouvrait sur leur droite. Iorim leur chuchotait à l'oreille des choses que nous ne pouvions pas entendre, des secrets entre eux et lui, et ils acceptaient de repartir : un pas, trois pas, dix… jusqu'au prochain arrêt.

Je marchais collée à la paroi, tenant à deux mains la chemise de Grégoire qui allait devant moi. Qu'adviendrait-il si brusquement les chevaux s'immobilisaient pour de bon, si nous ne pouvions pas aller plus loin? Cette terrible pensée revenait sans cesse dans mon esprit. Je me disais qu'en ce cas Grégoire et moi pourrions nous charger de provisions et faire demi-tour. Mais Iorim? Il resterait prisonnier, tout seul devant la diligence, face à l'abîme... Et les chevaux? Les pauvres bêtes...

Souvent j'étais prise d'un tel vertige que je ne savais plus où regarder. En bas? Il fallait l'éviter à tout prix. En haut? C'était presque pire. Le vent chassait les nuages au-dessus de la montagne et on avait l'impression qu'elle nous tombait dessus. Alors je fermais les yeux ou bien je fixais les carreaux de la chemise de Grégoire en me jurant que, si jamais je sortais d'ici vivante, alors, jusqu'à la fin de mes jours, je ne monterais même plus sur une chaise!

Nous avons vécu un moment plus effrayant encore que les autres: au plus fort d'un virage, les chevaux se sont arrêtés une fois de plus, paniqués, et Iorim n'est pas parvenu à les faire repartir. Nous attendions depuis de longues minutes désespérantes quand un aigle royal à l'envergure gigantesque est venu planer juste au-dessus de nos têtes et a fini par se poser sur l'arrière de la diligence, face à nous. Les chevaux ont henni, se sont agités, proches de l'affolement.

— Holà ! Du calme ! leur a ordonné Iorim.

— Fiche le camp, saleté de bestiole ! a juré Grégoire.

Mais le rapace nous fixait de ses yeux cruels. Il semblait se moquer de nous : « Que faites-vous ici sur mon territoire ? Vous n'avez pas d'ailes, il me semble ? Savez-vous qu'il est plus prudent d'en avoir par ici ? Savez-vous aussi que je suis capable de soulever un cheval dans mes serres ? Alors deux enfants maigres comme vous… »

— Fiche donc le camp, saleté de volaille ! grommelait Grégoire entre ses dents, et je sentais sous mes doigts la sueur tremper sa chemise.

Au bout d'une demi-heure de cette attente insupportable, j'ai posé mon front contre son dos :

— Grégoire, je t'en supplie, fais quelque chose, je n'en peux plus…

C'était vrai. Mes jambes commençaient à trembler, la tête me tournait. Encore quelques minutes et je risquais de m'évanouir.

Eh bien, aussi incroyable que cela paraisse, Grégoire a trouvé aussitôt ce qu'il fallait faire. À croire qu'il attendait seulement que je le lui demande. Une idée folle et géniale. Il s'est avancé prudemment vers la malle arrière et l'a entrouverte. Puis il a plongé son bras à l'intérieur et en a ressorti quelque chose qu'il a tendu en l'air. Il s'est reculé un peu et s'est adressé à l'aigle :

— Tu aimes la saucisse fumée ? Sens-moi cette bonne odeur. Sais-tu qu'il y en a plein d'autres comme ça dans la malle ? C'est meilleur que le mulot cru, hein ? Tiens, régale-toi, mon poulet...

Et, comme l'aigle, intéressé, observait la saucisse en inclinant la tête, Grégoire l'a agitée au bout de ses doigts puis jetée sur le rebord de la malle entrouverte :

— Va, mon gros. Ce n'est que l'entrée. Le menu complet t'attend à l'intérieur : pain de seigle, viande séchée, maïs, fromage de chèvre, gâteau de semoule... allez...

L'aigle a sauté maladroitement près de la saucisse et l'a considérée longuement. Son bec était aiguisé comme la lame d'un rasoir. Tout se jouait là. Ou bien les aigles royaux aimaient la saucisse fumée, ou bien ils ne l'aimaient pas. Jamais je n'aurais imaginé que ma vie dépende de la réponse à cette question idiote.

Le miracle s'est produit : l'aigle aimait la saucisse ! Il l'a déchiquetée et engloutie en un rien de temps. Puis il a avancé sa tête à l'intérieur de la malle.

— Allez, mon pigeon... allez... l'implorait Grégoire. Entre... entre donc... je te ferai un prix d'ami... je t'offrirai le café...

30

Les plumes de la queue dépassaient encore quand Grégoire a bondi et claqué le couvercle de la malle. Aussitôt les chevaux se sont remis en route, et, en quelques secondes, ils ont franchi le virage devant lequel ils étaient restés si longtemps paralysés.

— Holà ! Doucement ! a dû leur commander Iorim.

À l'intérieur de la malle, l'aigle menait grand tapage. Il criait, battait des ailes. Mais il pouvait bien fulminer et se déchaîner à son aise, nous n'avions plus rien à craindre de lui. Comble de soulagement : après le virage, le chemin s'élargissait considérablement, si bien que Grégoire a pu se faufiler entre la diligence et la paroi rocheuse pour rejoindre Iorim à l'avant. Il en est revenu bientôt :

— Tout va bien. Iorim dit que nous avons fait le plus difficile. Désormais, nous ne risquons plus de tomber dans le vide. Nous pouvons même remonter dans la voiture, si tu veux.

Et pour la première fois depuis le début de notre voyage, Grégoire s'est assis en face de moi. Iorim avait raison : une centaine de mètres plus loin, nous quittions la falaise et nous entrions dans la montagne. Quel soulagement de voir la terre ferme des deux côtés ! Des arbres ! J'étais si heureuse que je n'ai pas pu m'empêcher d'imiter Grégoire : j'ai ouvert la portière et, en m'accrochant comme j'ai pu, je suis arrivée jusqu'à Iorim qui avait repris son poste de cocher. Une fois à côté de lui, je ne savais plus que dire. Alors je l'ai embrassé :

— Merci, Iorim, merci !

— Oh, mademoiselle Hannah, a bougonné le vieillard, un peu surpris de me voir là. Ce que vous venez de faire n'est pas raisonnable. Vous auriez pu tomber et vous tordre une cheville…

CHAPITRE III

BAN BAÏTAN

Le campement a été très gai, ce soir-là. Il a d'abord fallu libérer notre ami l'aigle royal. Qui n'avait plus l'air royal du tout en sortant de sa malle. « Me faire ça à moi ! », semblait-il dire en claudiquant. Puis il s'est souvenu qu'il savait aussi voler et il a disparu sans demander son reste. Par bonheur, il n'avait pas trop entamé les provisions. L'enfermement lui avait sans doute coupé l'appétit…

Nous nous sommes installés près d'un torrent dans lequel Grégoire a réussi à capturer plusieurs gros poissons. Quel délice de les savourer grillés sur le feu de bois ! Je me rappelle aussi m'être baignée sous une cascade d'eau glacée. J'en criais de plaisir et de saisissement. Après le repas, Iorim, qui avait bu un petit coup d'eau-de-vie, a chanté de vieilles chansons que je ne connaissais pas.

Il y était question de chevaux, d'auberges et de filles. Certains passages le faisaient beaucoup rire. Et cela nous faisait rire de l'entendre rire. Nous sommes restés devant le feu jusqu'à ce qu'il s'éteigne. Avant d'aller dormir, j'ai tout de même rappelé à Grégoire sa promesse :

— Maintenant que nous avons passé la montagne, tu dois m'expliquer… Qu'allez-vous faire à Ban Baïtan ?

Si j'avais su à cet instant-là, Tomek, tout ce que Grégoire allait me révéler, je me serais bien gardée de l'interroger. Seulement voilà, je suis curieuse, et le mystère commençait à m'agacer.

— Bientôt, a-t-il bâillé, un peu embarrassé, tu le sauras bientôt. D'ailleurs, qui te dit que nous avons passé la montagne ?

Il avait raison et il nous a fallu trois jours encore avant d'atteindre le col le plus élevé et d'amorcer la descente. J'avais le sentiment que Grégoire m'évitait, qu'il redoutait ce moment où il faudrait qu'il me parle. J'ai décidé d'attendre, de ne plus rien lui demander. Et un jour, tandis que les chevaux cheminaient au pas dans la chaleur de l'après-midi, il est venu s'asseoir en face de moi, sur la banquette de cuir. Le moment était venu ; j'allais enfin savoir.

— Bien, a-t-il commencé. Le mieux, c'est que tu me poses tes questions. J'y répondrai, cette fois. Je t'écoute.

Je pressentais que Grégoire allait me dire des choses graves. J'ai respiré une bonne fois et je me suis jetée à l'eau :

— Qu'allez-vous faire à Ban Baïtan ?

— Qui, « vous » ? Iorim ou moi ?

— Commençons par toi.

— Moi ? J'accompagne Iorim.

— Et Iorim ?

Grégoire m'a regardée dans les yeux puis il a souri, l'air désolé :

— Iorim va à Ban Baïtan pour y mourir.

Je suis restée pétrifiée.

— Mais… pourquoi ?

— Parce qu'il y est né, voici cent ans… et qu'il a décidé d'y mourir. Voilà…

— Mais… qu'est-ce qu'il y a là-bas ?

—Là-bas il n'y a rien. Ni personne… Le désert…

Il m'a semblé tout à coup que le bruit des roues sur le chemin, que le pas des chevaux résonnaient dans ma tête. En quelques secondes tout est devenu comme irréel : les morceaux de ciel dans l'encadrement des fenêtres de la diligence, la fine poussière qui dansait au soleil…

— Il n'a pas de famille et c'est son dernier vœu, a continué Grégoire. Il aurait pu y aller tout seul malgré son grand âge, tu as vu comme il est alerte, mais il ne veut pas laisser les chevaux seuls là-bas. Ils n'ont pas choisi d'y mourir, eux. Et pour Iorim, les chevaux valent bien certains hommes, tu sais… Mon travail est de les ramener. Tu as d'autres questions ?

Il m'a fallu un peu de temps pour rassembler mes esprits.

— Oui. J'ai d'autres questions. Celle-ci, par exemple : pourquoi m'avez-vous emmenée ?

— Nous t'avons emmenée parce que… tu voulais venir, non ?

— Grégoire ! Ne me raconte pas d'histoires ! Tu as promis de me dire la vérité !

— Tu as raison. Nous t'avons emmenée pour que je ne sois pas seul au retour…

À cet instant-là, j'aurais pu éclater de rire si tout n'avait pas été aussi terrible. Je lui ai lancé, au bord des larmes :

— Pour que tu ne sois pas seul au retour ? Mais Grégoire ! Je suis une fille et j'ai douze ans ! Je ne connais rien aux chevaux. C'est à peine si je distingue la tête de la queue ! À quoi pourrais-je te servir ?

— Bien sûr, pardonne-nous… a-t-il bredouillé en tripotant ses doigts. Seulement tu dois savoir que, toutes les nuits depuis plus d'un an, Iorim et moi attendions qu'un voyageur nous dise ce que tu nous as dit l'autre nuit : « Je veux aller à Ban Baïtan. »

— Tu veux me faire croire que depuis un an vous attendiez sur la place, Iorim et toi, toutes les nuits ?

— C'est exactement ça. Ça te paraît incroyable, n'est-ce pas ? Au petit matin, toutes les diligences avaient quitté la place. Chaque fois il ne restait que la nôtre, et nous rentrions tristement chez nous. Cela a duré une année entière. J'ai fini par être persuadé que nous ne trouverions jamais personne. Alors j'en ai fait une plaisanterie et, pour me distraire, j'interpellais les gens : « Vous allez à Ban Baïtan, monsieur ? C'est à Ban Baïtan que vous allez, jeune homme ? » Tous riaient de cette bonne blague. Jusqu'à ce que tu arrives, toi avec ton petit sac de toile, et que tu me répondes avec ce sérieux incroyable : « C'est ça, je vais à Ban Baïtan ! » Tu avais l'air tellement farouche et déterminée ! Nous avons hésité. Je t'avoue que je ne t'aurais pas emmenée si j'avais décidé seul, je te trouvais trop jeune et trop frêle. Mais Iorim t'a observée longuement, tu te rappelles ? Et il a conclu : « Elle sera très bien, je le vois dans son œil… »

— Dans mon œil ?

— Oui.

— Pourquoi ne pas avoir demandé à quelqu'un d'autre ? À un de tes amis, peut-être…

— Non. Il ne fallait à aucun prix que quelqu'un d'autre le sache. C'était un secret entre

Iorim et moi. On nous aurait empêchés de partir…
Réfléchis un peu : un centenaire et un garçon de
seize ans… Tu vois bien que ce n'était pas un projet raisonnable.

J'ai souri. En matière de projet raisonnable,
je faisais aussi bien qu'eux, non ? En quelque
sorte, on s'était reconnus, tous les trois.

— Pardon de t'avoir caché la vérité jusqu'à
ce jour, Hannah, s'est excusé Grégoire, mais je ne
voulais pas te gâcher le voyage…

« Et moi, Grégoire, ai-je pensé aussitôt, je
pourrais en trois mots te gâcher ce qui reste du
tien. Il suffirait que je te dise aussi la vérité : tu
rentreras tout seul de Ban Baïtan, car moi je conti-
nuerai vers le sud… » Mais je n'ai pas eu le cœur
de lui asséner cette vérité à ce moment-là et je me
suis contentée de murmurer :

— Merci de ta délicatesse…

Nous nous sommes tus de longues minutes,
le temps qu'il fallait pour nous remettre de nos
émotions. Puis, sans que je lui pose la moindre
question, Grégoire a commencé à raconter.

Iorim était donc né à Ban Baïtan cent ans
plus tôt. À cette époque, c'était une cité prospère
où il faisait sûrement bon vivre. En tout cas, les
gens du Nord y descendaient souvent. Autant pour
le commerce que pour le plaisir. Et les diligences
se comptaient par dizaines. Elles rivalisaient
de vitesse et de beauté, mais la plus élégante de

toutes, d'après Grégoire, la plus rapide et la plus confortable avec ses beaux sièges de cuir rouge et ses dossiers capitonnés s'appelait *L'Hirondelle*. Et elle appartenait à Iorim, bien sûr.

— Tu regarderas sur la malle arrière, a indiqué Grégoire, les lettres sont effacées, mais on arrive encore à les lire. *L'Hirondelle* était tirée par quatre chevaux au lieu de deux. Quatre chevaux fougueux que Iorim faisait cavaler à bride abattue et qu'il changeait pour quatre autres à chaque relais.

— Je sais, ai-je dit rêveusement… Je les ai vus en songe…

Cette belle époque a duré longtemps. Iorim a eu comme équipiers l'arrière-grand-père de Grégoire qui était lui-même un enfant au début, puis son grand-père. C'est alors que s'est produit le Grand Effondrement. La route du défilé a été condamnée. Les habitants de Ban Baïtan se sont trouvés tellement isolés qu'ils ont commencé à quitter la ville les uns après les autres pour rejoindre le Nord. Ils empruntaient la Route du Ciel, qui était en meilleur état qu'aujourd'hui. Puis le désert a gagné. L'eau est venue à manquer. Si bien que les plus entêtés eux-mêmes ont fini par partir. Alors un grand silence est tombé sur Ban Baïtan. Elle est devenue une ville de poussière, de sable et de vent…

Tandis que Grégoire parlait, le paysage s'ouvrait peu à peu devant nous. Il me semblait qu'une immense plaine s'étendait là, dans les ocres et les ors, mais une brume scintillante empêchait de voir le lointain.

— Nous serons bientôt à Ban Baïtan ? ai-je demandé à Grégoire.

— J'ai peur que oui… m'a-t-il répondu tristement.

Désormais, plus rien n'avait le même goût qu'avant. Nous avions tous les deux le cœur lourd. Iorim, lui, sifflotait joyeusement à l'avant de son *Hirondelle*.

Le soir, au campement, j'ai observé le vieil homme à la dérobée. J'aurais bien aimé lui parler mais je n'osais pas.

— Pourquoi Iorim ne me parle-t-il jamais, Grégoire ?

— Iorim ne parle jamais aux passagers, encore moins aux passagères. C'est la règle. Mais il t'aime bien tout de même…

— Il te l'a dit ?

— Il me l'a dit.

Après le repas du soir, nous ne nous sommes pas attardés. Mais, pendant la nuit, j'entendais Grégoire qui se tournait et se retournait sous la diligence. « Si tu ne peux pas dormir, mon garçon, me suis-je dit, autant que tu saches pourquoi… »

40

J'ai enfilé mes vêtements et je suis sortie dans la nuit. Une minute plus tard, il m'avait rejointe :

— Ça ne va pas ?

— Ça va très bien. Je voulais seulement te confier un secret à mon tour.

La lune éclairait la crête de la montagne derrière nous. Nous avons fait quelques pas dans la rocaille et nous nous sommes assis. Iorim ronflait paisiblement.

— Grégoire, ai-je commencé, je ne rentrerai pas avec toi.

— Qu'est-ce que tu dis ?

— Je te dis que nous ne ferons pas le voyage du retour ensemble comme tu le pensais…

J'ai lu la panique dans ses yeux.

— Non, non, je n'ai pas l'intention de mourir là-bas avec Iorim. J'adore la vie, moi. Je veux juste continuer vers le sud.

Sa panique s'est changée en stupeur :

— Vers le sud ? Mais il n'y a plus rien au sud ! C'est le désert !

— Je sais. J'irai de l'autre côté du désert…

Comme il ne comprenait rien à rien, je lui ai parlé de ma petite passerine malade, de la rivière Qjar qui coule à l'envers et dont l'eau empêche de mourir. Grégoire m'a écoutée, bouche bée, puis, quand j'ai eu fini, il a pris sa tête entre ses mains et il a gémi sur un ton pitoyable :

— Mon Dieu ! Oh, mon Dieu ! Je suis parti avec deux fous !

Notre voyage à trois s'est achevé le lendemain, vers la fin de l'après-midi. Le chemin allait en pente douce et, au détour d'un virage, la diligence s'est arrêtée. J'ai patienté une minute ou deux et, voyant que rien ne se passait, j'ai rejoint mes deux compagnons à l'avant. Ils se tenaient devant les chevaux, immobiles.

— Regarde… a murmuré Grégoire.

— Ban Baïtan… a ajouté Iorim avec une immense fierté.

Fier, il pouvait l'être. Comment imaginer une ville aussi belle, aussi calme ? Le soleil rasant la baignait d'une lumière dorée. Pas un souffle de vent, pas un bruit. Juste le labyrinthe des rues étroites et désertes, et les murs effondrés des maisons. Le sable avait jeté sur tout cela une poudre étincelante. Ban Baïtan dormait à nos pieds, miroitante, superbe, mais oubliée de tous. Qui d'autre que nous l'avait regardée depuis cinquante ans ? Quels autres yeux que les nôtres ? Nous y sommes descendus et nous avons parcouru sans hâte les ruelles silencieuses. Parfois Iorim tendait son bras sur la droite ou sur la gauche :

— La forge… c'était la forge… et là l'école… Ici mon père a travaillé aux tapis… À cet endroit

je suis tombé du mur et je me suis cassé le bras…
non, pas là… là…

Pour Grégoire et moi, tout se ressemblait.
Nous ne distinguions que des murs écroulés et du
sable. Imaginer le vieux Iorim en culottes courtes
en train de poursuivre d'autres galopins dans ces
rues pleines de monde était bien difficile ! Et plutôt drôle ! Au bout d'une heure de cette étrange
promenade, nous sommes enfin arrivés à l'autre
bout de la ville. Au-delà commençait le désert.

— C'est là… a murmuré Iorim, et il s'est im-
mobilisé devant une maison sans toit, mais qui
avait conservé sa porte de bois et ses fenêtres.
C'est là… C'était chez moi.

Nous y sommes entrés. Il ne restait plus rien,
bien sûr.

Cette nuit-là, j'ai dormi pour la dernière fois
dans *L'Hirondelle*. Grégoire a couché dessous
comme à son habitude. Iorim a préféré rester dans
la maison. Nous nous sommes réveillés dès le
petit matin. C'était étrange de savoir que nous
allions nous séparer. Je ne parvenais pas à y croire.
Tout s'est passé comme les autres jours : j'ai aidé
Grégoire à préparer le petit déjeuner, puis il a attelé
les chevaux, chargé la diligence… Nous nous tai-
sions. Aucun de nous n'osait dire un seul mot.
Pour finir, Grégoire est allé dénicher un vieux
fauteuil dans les décombres d'une maison voisine
et il l'a installé devant celle de Iorim :

— Vous serez bien, ici…

— Je te remercie, mon garçon. Apporte-moi mes bouteilles.

Grégoire est allé à la malle et il en a rapporté plusieurs bouteilles d'eau-de-vie.

— Je vous les mets là ?

— C'est ça, mon garçon, mets-les ici, tout près du fauteuil.

— Je vous laisse quelques provisions aussi, tout de même…

— Si ça te fait plaisir… mais je ne mangerai pas…

— Un gros morceau de pain de seigle, vous l'aimez bien…

Je les écoutais, les regardais, et je me sentais de trop. Tous deux avaient dû penser à cet instant-là depuis le départ, maintenant ils étaient en train de le vivre. Et ils faisaient de leur mieux pour qu'il soit réussi. Je trouvais Grégoire très courageux et quand il a disparu derrière la diligence, j'ai voulu aller le lui dire. Je n'aurais pas dû. Le malheureux pleurait à gros bouillons. Il s'est vite repris :

— Puisque je ne peux plus rien faire pour lui, est-ce que je peux faire quelque chose pour toi, Hannah ?

J'ai attendu un peu, le temps qu'il s'essuie le visage et se mouche, puis je l'ai seulement prié de passer chez mes parents adoptifs une fois qu'il serait de retour dans notre ville.

— Et que veux-tu que je leur dise ?

— Tu les embrasseras bien de ma part. La petite Hoda, surtout. Tu leur demanderas de me pardonner. Tu leur diras que je reviendrai dès que possible. Et aussi que je vais bien, que mon voyage est confortable, un peu ennuyeux même…

Grégoire a souri :

— Menteuse.

— Au fait, ai-je ajouté, as-tu parlé à Iorim, pour moi ?

— Oui, il sait.

— Et qu'a-t-il pensé de mon projet ?

— Que ça ne l'étonnait pas. Que ça se voyait dans ton œil… Et il m'a donné ça pour toi. Tu en auras besoin.

C'était une petite boussole dans un étui de cuir noir. Je l'ai mise dans ma poche.

— Il a dit aussi qu'en marchant droit vers le sud, à l'époque, on trouvait une oasis presque chaque soir.

— À l'époque… presque…

— C'est ça…

Le vieil homme s'était déjà assis dans le fauteuil. Nous l'avons rejoint et nous nous sommes tous embrassés très simplement, sans démonstration. Puis Grégoire est monté sur la diligence et a donné aux chevaux l'ordre de partir. Moi, j'ai pris ma couverture, mon sac, comme au premier jour, et j'ai marché vers le sud.

Après une centaine de mètres, je me suis retournée. Nous formions un joli triangle à nous trois. Là-bas, tout petit devant la montagne immense, le brave Grégoire, cheminant seul vers la vertigineuse Route du Ciel. Ici, sur son fauteuil branlant et sa bouteille à la main, le vieil homme qui allait mourir. Et moi, enfin, toute menue dans cet espace immense. Chacun de nous trois devait juger que les deux autres étaient davantage à plaindre que lui-même, et chacun de nous trois trouvait sans doute, dans cette pensée, le courage qui lui était nécessaire.

CHAPITRE IV

LE DÉSERT

Quand on entre dans le désert, Tomek, ce sont les dix premiers pas qui comptent. Les suivants se ressemblent. Et plus on progresse, plus il devient stupide de revenir en arrière…

Il ne faisait pas très chaud. Je marchais joyeusement. Oui, joyeusement, je m'en souviens très bien. Sur ma gauche, des dunes si douces qu'on avait envie de les caresser, sur ma droite, d'autres dunes. Et quand j'en gravissais une pour voir au loin, je ne découvrais que des dunes encore, à perte de vue. Elles sont comme les vagues figées de la mer. Leurs courbes gracieuses se répètent à l'infini. Le sable ici n'est pas comme le nôtre, non : il est aussi fin que de la farine et presque orange de couleur. Assise sur la crête, je le faisais glisser entre mes doigts, avec délice. Il est tiède d'un côté de la pente, celui chauffé par le soleil, et froid de l'autre. Et si on le pousse du pied, cela provoque de petites avalanches qui descendent jusqu'en bas puis semblent remonter… Je restais là de longs moments, à écouter le silence et à me reposer. Je mangeais quelques fruits secs donnés par Grégoire, buvais un peu d'eau, puis je me laissais glisser jusqu'en bas, là où le sable est ferme sous les pieds et où l'on peut marcher d'un bon pas.

Au milieu de la journée, quand le soleil a atteint son point le plus haut, la boussole de Iorim m'a été d'un grand secours. Sans elle, j'aurais tourné en rond. Je la regardais sans cesse : « Ne perds pas le sud ! me disais-je, il y aura bientôt quelque part une oasis, Iorim l'a dit ! » Et j'avais raison d'avoir confiance. Vers la fin de l'après-midi, je me suis immobilisée. À mes pieds, une brindille était accrochée par son extrémité à un grain de sable plus gros que les autres. En tournant autour de son axe, poussée par le vent, elle avait dessiné dans le sable un cercle si tendre, si parfait, que je me suis agenouillée pour mieux le voir. « D'où viens-tu, petite brindille ? Es-tu là pour me dire que j'approche du but ? »

Moins d'une heure plus tard, je découvrais ma première oasis. Oh, ce n'était peut-être qu'un gros bosquet d'arbrisseaux chétifs, mais il y avait là assez de bois sec pour faire un feu et surtout un puits d'eau fraîche dans lequel j'ai puisé aussitôt.

J'ai établi mon modeste campement, et quand les étoiles sont montées dans le ciel, je me suis allongée sur le dos pour les contempler… C'est le froid qui m'a réveillée. Mon feu s'était éteint. Je l'ai rallumé, mais dès qu'il a faibli, je me suis remise à grelotter. Les nuits peuvent être glaciales dans le désert. J'avais beau me pelotonner dans ma couverture, je ne parvenais pas à me réchauffer. J'ai passé une bien mauvaise nuit, je l'avoue. Aussi, dès les premières lueurs de l'aube, j'ai rassemblé mes affaires et j'ai repris ma route, un peu inquiète : comment pourrais-je marcher une journée encore après avoir si mal dormi ? Et qu'adviendrait-il de moi quand je ne serais plus capable d'avancer ?

Par bonheur, le soleil du matin m'a vite réchauffée, mes pensées noires se sont envolées et j'ai retrouvé ma gaieté de la veille. J'allais ainsi depuis un long moment quand c'est arrivé…

Je m'étais assise une fois de plus en haut d'une petite dune et j'admirais le dessin délicat de son ombre, quand il m'a semblé percevoir un lointain bruit de sonnailles. J'ai dressé l'oreille, mais il n'y avait plus que le grand silence du désert. Quelques minutes plus tard, le tintement est revenu, plus clair, plus proche. Et j'ai fini par distinguer la longue caravane qui venait de l'est. Elle apparaissait et disparaissait sans cesse, au gré des dunes et de leurs contours. Elle comptait cent chameaux au moins, mais aussi des moutons et des chèvres… Il en a fallu du temps avant qu'elle parvienne jusqu'à moi. C'était si joli de la voir passer que je ne songeais pas à me cacher, ni à appeler, ni à courir vers elle. Je la regardais, tout simplement. Il y avait là des hommes, des femmes et des enfants, tous couverts de longs vêtements colorés et la tête entourée de tissus qui ne laissaient voir que leurs yeux. Certains étaient assis sur la selle de leur chameau, d'autres cheminaient au côté des bêtes. J'entendais leurs éclats de voix, leurs bavardages. Une douzaine de jeunes filles avaient formé un groupe et elles chantaient en riant. « Elles vont bien me voir, tout de même », me disais-je, mais aucune d'elles n'a seulement tourné la tête vers moi. C'était comme si je n'avais pas existé. Tous et toutes étaient passés maintenant. Il fallait que je fasse quelque chose. J'allais descendre à leur poursuite quand le retardataire est arrivé : un garçon de mon âge environ, tête nue et vêtu d'une tunique d'un bleu profond. Lui m'a vue aussitôt et il a escaladé la dunette :

— Comment t'appelles-tu ?

— Hannah, je m'appelle Hannah…

— Moi, je m'appelle Lalik. Veux-tu venir avec nous ?

Ses cheveux noirs et bouclés lui tombaient sur le front et j'ai remarqué tout de suite ses dents écartées – les dents du bonheur, comme on les

50

nomme. J'étais si surprise que je ne savais que répondre.

— C'est que… ai-je bredouillé, vous allez vers l'ouest alors que moi je vais vers le sud…

— Dommage… a dit le garçon, au revoir, alors…

Et il a fait mine de s'en aller.

Comment ça, au revoir ? L'affolement m'a prise. Je n'avais pas l'intention de me retrouver seule aussi vite ! Nous étions en plein désert ! Il ne pouvait pas m'abandonner là comme si nous venions de nous croiser sur la place d'un village ! J'allais le lui dire quand il s'est retourné vers moi :

— Aimerais-tu savoir, Hannah, ce qui se passerait si tu venais avec nous ?

La question m'a paru étrange, mais, de peur de le voir s'en aller pour de bon, j'ai répondu :

— Oui, je veux bien.

Un sourire lumineux a éclairé son visage :

— Alors viens !

Et il a empoigné mon sac.

Je me suis levée, nous avons dévalé la dune tous les deux et il a commencé à trotter pour rattraper les autres.

— Pas si vite ! lui ai-je crié. Je t'ai dit que je ne voulais pas vous suivre…

Il s'est arrêté, m'a attendue :

— Je sais, je sais… Mais tu ne vas pas nous suivre… Tu vas juste savoir ce qui arriverait si tu nous suivais. Dès que tu le souhaiteras, dans une minute ou dans dix ans, cela prendra fin et tu seras à nouveau toute seule en haut de ta dune. Je ne serai jamais loin, il suffira que tu me le demandes. Tu comprends ?

— Non. Je n'y comprends rien…

— Bon. Alors fais bien attention. Nous allons rejoindre les autres, là-bas. Quand nous y serons, je te demanderai si tu veux revenir à ta dune et tu me répondras oui. D'accord ?

J'y perdais mon latin, mais l'ai accompagné tout de même et nous avons trottiné jusqu'à la caravane. Deux fillettes fermaient la marche. L'une d'elles, qui n'avait pas plus de six ans, a glissé sa petite main brûlante dans la mienne :

— Tu es drôlement essoufflée ! Tu veux monter sur le chameau ?

Je n'ai pas eu le temps de lui répondre, déjà Lalik me posait la question convenue :

— Veux-tu revenir ?

J'ai acquiescé.

— Oui ? Alors ferme les yeux.

J'ai fermé les yeux et, dans la seconde, j'étais de nouveau assise sur la crête de ma dune, les mains dans le sable. Au loin la caravane s'avançait, grouillante de vie et de couleurs. Elle est passée tout entière devant moi, exactement comme la première fois : les hommes silencieux, les jeunes filles qui chantaient, les enfants, les chameaux.

Je ne rêvais pas. Tout était aussi réel que l'instant d'avant, jusqu'à Lalik qui venait en dernier, qui seul me voyait et qui escaladait la dune :

— Comment t'appelles-tu ?

— Hannah, je m'appelle Hannah…

— Moi, je m'appelle Lalik. Veux-tu venir avec nous ?

— Je… oui…

En courant à ses trousses pour rattraper la caravane, je n'ai pas pu m'empêcher de lui crier :

— Lalik ! Lalik ! Je pourrai revenir quand je le voudrai ? Aussi facilement qu'aujourd'hui ? Tu me le jures ?

— Quand tu le voudras ! Dans une heure ou dans vingt ans ! Je te le jure ! Cours !

Nous avons rattrapé la caravane. Deux fillettes fermaient la marche. La plus jeune a glissé sa petite main brûlante dans la mienne :

— Tu es drôlement essoufflée ! Tu veux monter sur le chameau ?

En quelques heures, j'ai fait la connaissance d'au moins vingt enfants, en quelques jours de tous. On ne m'a pas demandé d'où je venais ni où j'allais. Les adultes nous distribuaient la nourriture, l'eau, et veillaient sur nous sans se préoccuper de savoir qui était l'enfant de qui. Moi qui n'étais l'enfant de personne, je suis devenue celui de tous.

Notre caravane ne suivait pas une route rectiligne mais allait d'un point d'eau à l'autre. Nous y installions le campement, le soir. Quel bonheur de dormir sous les étoiles, bien emmitouflée dans d'épaisses couvertures de laine ! Et de se sentir protégée, surtout. Il y a eu une longue semaine pendant laquelle nous n'avons rencontré aucune oasis. L'eau a manqué. Chacun des enfants avait un petit bol et, au moment du repas, une femme venait le remplir :

— Tiens. Cela devra te suffire pour boire, pour te laver et pour rincer ton assiette.

La première fois, j'ai cru que c'était une plaisanterie, qu'elle voulait se moquer de moi. Non, ça n'en était pas une. On peut faire tout cela avec un bol d'eau si on s'y prend bien. J'ai appris beaucoup d'autres choses : à faire le pain, à traire les chèvres, à connaître les étoiles. Et j'ai appris aux autres aussi : moi qui savais lire et écrire, je l'ai enseigné à plus de trente enfants !

Des mois se sont écoulés. Entre le ciel et le sable. Nous restions quelquefois une saison entière dans un même lieu, aussi longtemps qu'il y avait de la pâture pour nos chèvres et nos moutons. Mais nous finissions toujours par repartir. Notre longue marche semblait ne jamais prendre fin. Pendant longtemps, je ne me suis pas endormie un seul soir sans me dire : « Allez, quelques jours encore et tu demanderas à Lalik de revenir. »

Seulement, les « quelques jours » passaient et je n'arrivais pas à le faire. J'en étais toujours empêchée : attends encore que cette brebis mette bas… attends encore que la petite Daën sache tout à fait lire… attends d'user un peu ces sandales de cuir que t'a cousues en secret un garçon de la caravane… avec un peu de chance tu apprendras qui il est…

Ainsi je repoussais sans cesse le moment de quitter ma nouvelle famille. Des années ont passé. Entre le sable et le ciel. Sans que j'y prenne garde, le temps a jeté des voiles légers sur mes souvenirs et sur ma vie d'avant. J'ai commencé à oublier la petite Hannah d'autrefois, celle du marché aux oiseaux, celle de la passerine. Lorsque je m'efforçais de penser à elle, elle me semblait lointaine et malicieuse, comme un enfant qui joue à se cacher et qu'on ne parvient pas à apercevoir.

Je sais bien que ce n'est pas à moi de le dire, mais je suis devenue une jolie jeune femme. Je le voyais dans les yeux des garçons, des hommes. J'avais vingt ans tout juste quand nous sommes arrivés sur une colline au pied de laquelle s'étendait une ville immense.

— C'est la grande cité de Topka… a dit Lalik. Nous resterons peut-être ici. Une autre vie commence. Qu'en dis-tu ?

Je ne suis pas idiote, je comprenais bien le sens de sa question. Il voulait dire : « As-tu envie de revenir sur ta petite dune, Hannah ? Ou préfères-tu rester avec nous ? » J'ai hésité quelques secondes, mais la curiosité a été la plus forte :

— Je descends avec vous…

Lalik ne se trompait pas. La plupart d'entre nous sont restés à Topka, où il faisait bon vivre. J'ai follement aimé cette ville tapageuse, colorée, étonnante. Je m'y suis mariée au bout de deux ans à un jeune homme qui s'appelait Amos. Celui des sandales de cuir ! Il avait été bien patient ! Ensemble, nous avons tenu une auberge. Le travail ne manquait pas. Je faisais la cuisine, Amos servait les clients. Nous avons gagné suffisamment d'argent pour acheter une jolie maison ombragée sur les hauteurs. Nous avons appelé notre premier enfant Chaan, ce qui veut dire « Désert ». Aïda est venue ensuite, notre petite fille. Tous deux aimaient jouer dans l'auberge. Nous avions beau les repousser dans la rue à longueur de journée, ils y revenaient toujours.

— Chaan, laisse donc les clients tranquilles ! fallait-il gronder.

Ou bien :

— Aïda, remets la veste de ce monsieur à sa place !

— Ce n'est rien, disaient les gens en souriant. Laissez-les faire… ce sont des enfants, voyons…

Et ils leur offraient la moitié de leur dessert.

Ces années de bonheur ont passé si vite ! Dans le désert j'avais appris que la vie dure une seconde, et qu'une seconde contient l'éternité. C'est vrai. J'avais à peine eu le temps de câliner Aïda, mon bébé, que déjà elle était une femme et qu'elle tenait dans ses bras son bébé à elle. Mais cela ne m'a pas effrayée. Je faisais une assez jolie grand-mère, ma foi !

Quand le drame est arrivé, Lalik travaillait comme artisan à l'autre bout de la ville. Il fabriquait des bijoux en or. Il devait être bien vieux, lui aussi, maintenant.

L'enfant d'Aïda était dans sa neuvième année. Il a eu une fièvre qui ne passait pas. Plusieurs médecins ont tâché de le soigner. En vain. Alors les guérisseurs sont venus.

— Nous viendrons à bout de cette fièvre ! ont-ils prétendu, et chacun a appliqué son remède…

On a fait boire à l'enfant le lait d'une chamelle aveugle ; on a couvert son corps de cendres tièdes ; on lui a récité des prières interminables dans des langues disparues ; on lui a fait avaler toutes les trois heures pendant trois jours les trois pattes gauches d'une sauterelle… Nous aurions pu en rire si cela n'avait pas été aussi désespérant. Une nuit que j'avais la garde de l'enfant, pour reposer un peu Aïda, il a gémi faiblement. Je me suis levée. Son corps brûlant était inerte. Je l'ai appelé, caressé : « Ouvre les yeux, ouvre les yeux ! » Mais il ne réagissait plus. Alors j'ai eu peur. Si peur.

J'ai couru dans la nuit comme une folle, mes voiles noirs flottant derrière moi. Je me suis trompée de rue plusieurs fois dans mon égarement.

— Où vas-tu, grand-mère ? m'a crié quelqu'un depuis une fenêtre.

— Chez Lalik ! Je dois aller chez Lalik !

— Le fabricant de bijoux ?

— Oui.

L'homme est descendu et m'a guidée jusqu'à la boutique. Je le suppliais :

— Plus vite ! Plus vite !

Lalik dormait, bien sûr. J'ai tapé à sa porte et il a fini par ouvrir. Ses cheveux noirs étaient devenus tout gris. Dès qu'il m'a vue, il a compris.

— Que veux-tu, Hannah ?

— Tu le sais bien, Lalik : je veux revenir. Il se passe quelque chose que…

— Tu n'as pas besoin de me l'expliquer, Hannah. Rappelle-toi, tu dois seulement me demander. Ainsi tu es décidée ?

— Oui, je suis décidée. Dépêche-toi.

— Adieu, Hannah… je suis heureux de t'avoir rencontrée. Ferme les yeux, maintenant…

J'ai fermé les yeux.

Le sable presque orange a glissé entre mes doigts. J'ai entendu comme un bruit de sonnailles au loin. Une caravane s'approchait. Elle est passée tout entière au pied de la dune où je me tenais assise : des hommes silencieux, des jeunes filles qui chantaient, des enfants, des chameaux, des chèvres, des moutons. Une centaine de mètres derrière tous les autres venait un garçon de mon âge environ, dans une belle tunique bleue. Ses cheveux noirs lui tombaient sur le front. « Il va me voir, lui », me suis-je dit. Mais il n'a pas tourné la tête.

— Lalik… ai-je appelé doucement, Lalik…

Il ne s'est pas retourné. Sa silhouette mince s'est éloignée lentement. Avec lui s'en allaient l'ami que je ne rencontrerais pas, le mari que je n'épouserais jamais, les petites filles auxquelles je n'apprendrais pas à lire, les enfants que je n'aurais pas. J'ai eu un instant l'envie de crier son nom à pleine voix : « Lalik ! Lalik ! » Mais j'ai su qu'il ne le fallait pas, qu'il n'aurait pas entendu davantage. Alors j'ai seulement murmuré :

— Adieu, Lalik… Daën… Amos… Chaan… Aïda… Adieu, toutes et tous…

CHAPITRE V

LES SILENCIEUX

J'ai un peu de mal à me rappeler les jours qui ont suivi. J'avais la tête ailleurs, sans doute. Toute pleine encore du tumulte de mon autre vie, celle vécue en quelques secondes sur ma petite dune. J'ai marché, et marché encore, que faire d'autre ? Le soir, blottie dans ma couverture près du maigre feu que j'avais allumé, je me suis sentie tellement seule que pour la première fois depuis mon départ j'ai tiré de mon sac le cahier d'écolier et le crayon. J'ai écrit. Je m'y suis tenue aussi les jours suivants. Ce sont mes secrets, mais tu as droit à tous mes secrets, Tomek. Enfin, presque tous… Écoute. Voici mon journal du désert.

Premier jour

Marché depuis ce matin en m'arrêtant très peu. Sentiment que tout m'a été pris, qu'il ne me reste que la boussole de Iorim et mes deux jambes.

*La boussole dit où aller et les jambes y vont...
Essayé de chanter, mais je m'essouffle vite. Mon
feu me réchauffe à peine. Envie d'y jeter tout le
bois sec de l'oasis, de faire un brasier immense
qu'on verrait à des centaines de kilomètres et de
crier : Je suis là ! je suis là ! venez me chercher !
Mais il ne faut pas. D'autres viendront ici après
moi et ils auront besoin de bois pour se chauffer.
Chaque brindille compte.*

　　Deuxième jour

　　*Je ne croyais pas si bien dire hier soir. Le
désert est moins désert qu'on l'imagine. Il y a
d'autres fourmis qui cheminent ! Rattrapée dans
l'après-midi par une petite caravane : cinq hommes
et cinq chameaux chargés de sacs qui leur battent
les flancs. Ils ne sont pas bavards. Pas plus les
hommes que les chameaux ! Vous allez vers le
sud ? Quatre au moins d'entre eux ont fait le même
geste : bras écartés, paumes ouvertes vers le ciel.
Ça voulait dire très clairement : Tu le vois bien.*

　　*Première leçon : à quelqu'un qui marche
vers le sud il est stupide de demander s'il marche
vers le sud !*

　　*Je peux venir avec vous ? Léger balancement
des têtes. Traduction : Si tu veux venir, viens.*

　　*Ils portent de grandes tuniques blanches et se
ressemblent très fort. Je les confonds tous. Je ne
vois que leurs yeux.*

Patienté plus de deux heures avant d'oser une nouvelle question : Que transportez-vous dans ces sacs ? — Du sel, a répondu celui qui marchait le plus près de moi.

Soulagement : au moins ils ne sont pas muets ! J'ai répété : Du sel ? dans l'espoir d'une conversation. Je n'aurais pas dû. Les deux mains se sont ouvertes, paumes vers le ciel. Dommage, disaient-elles, ces mains, tu venais de poser enfin une vraie question, je t'ai répondu et tu gâches tout en la posant une seconde fois...

Fermé mon clapet jusqu'au soir.

Troisième jour

Pas bavards, ces gens-là ! Pas bavards du tout ! Ce matin ils m'ont rendue folle à force de se taire. Me suis laissé distancer volontairement, ai parlé à mon aise, toute seule et très fort. Dit n'importe quoi. Des bêtises. Terminé en braillant la table de multiplication ! Puis je les ai rejoints, de meilleure humeur.

Ils n'ont pas grand-chose mais ils partagent tout. Ils m'ont proposé du tabac. Pouah !

Quatrième jour

Ce qui s'est passé aujourd'hui ? Rien ! Ah si, aperçu une petite gazelle du désert qui ne boit jamais... Dit cinq mots depuis ce matin : Bon-

62

jour! en me levant; Merci! deux fois dans l'après-
midi; Bonne nuit! ce soir...

Je trouve une consolation près des chameaux.
J'adore marcher à leur côté. Ils sont énormes
mais savent poser leurs pieds sur le sable avec la
même douceur que des gros chats, le même silence.
On a l'impression qu'ils pourraient avancer toujours, sans jamais s'arrêter.

Cinquième jour

Demandé : Vous connaissez Ban Baïtan ?
Hochement de tête : Oui. Et Topka ? Grands yeux
étonnés : ils ne connaissent pas.

Le soleil cogne. Ils m'ont entortillé la tête
dans un immense tissu blanc qui sent mauvais.
Mais très agréable pour se protéger de la chaleur
et de la poussière de sable. En tout cas, mieux que
mon mouchoir. Suis comme eux, maintenant : on
ne voit plus que mes yeux.

Sixième jour

Hier soir après manger, pour lutter contre
l'ennui, j'ai dessiné sur mon cahier celui qui a un
nez tordu et lui ai montré le dessin. Aucune réac-
tion... Les autres sont venus voir et ils ont ri, mais
ri à un point ! Ils s'en étranglaient. Dans la nuit
l'un d'eux s'est remis à rire. En y repensant sans
doute. Ça a réveillé tous les autres qui s'y sont

remis aussi. Ce soir, le plus vieux est venu me demander de le dessiner. Il lui manque une incisive. Je l'ai représenté souriant : nouvelle rigolade.

Septième jour

C'est étrange, je commence à aimer leur silence. À m'y sentir bien. Au fond, il y a moins de choses à dire que l'on croit. Et puis il m'est venu une idée toute bête : parler donne soif et nous avons peu d'eau... La salive est précieuse. Tout est précieux ici.

Huitième jour

Je comprends de mieux en mieux le langage de leurs mains :
– portée à la poitrine, très vite, le matin : Bonjour !
– tendue devant soi, paume vers le haut : Donne ! (si les doigts s'agitent : Donne vite !)
– la main à hauteur du visage avec le mouvement rapide d'un éventail : Ça ne va pas du tout !
– l'index et le majeur en petits ciseaux très vifs : Ça va très bien ! (le plus souvent en fin d'après-midi pour dire : On va s'arrêter ici)
– la main toute droite, comme un petit mur immobile : Attends !
– la main souple et relâchée dans un mouvement de berceau : C'est bon, non ? (le plus souvent le soir quand on mange).

Il y a au moins cent autres figures qui chacune signifie quelque chose. Mais il y en a beaucoup aussi qui ne servent à rien, juste au plaisir de faire danser les doigts.

Neuvième jour

Ce soir je dors... dans un lit! Explication: nous sommes venus, mes cinq Silencieux et moi, à bout du désert, c'est-à-dire au bout du désert! C'est une grande ville commerçante, bruyante et peuplée. Quel tourbillon! Pincement au cœur car elle me rappelle Topka... J'allais quitter mes compagnons quand l'un d'eux a dressé devant sa poitrine le petit mur de sa main: Attends. J'ai attendu, assise sur une pierre. Ils sont revenus quatre heures plus tard (mais que sont quatre heures quand on a traversé le désert?). L'un d'eux a déplié son mouchoir et m'a tendu des billets. Pourquoi? j'ai demandé. Ses mains ont répondu: Prends! et ses yeux: Ne pose pas de questions! J'ai compris qu'ils avaient vendu leur sel et qu'ils voulaient m'en faire profiter. Les larmes me sont venues. Je leur ai rendu le long tissu blanc. Ils m'ont saluée en joignant leurs mains devant la poitrine et en s'inclinant légèrement. Puis ils se sont perdus dans la foule. Je me suis sentie misérable. J'aurais tant voulu leur donner quelque chose en échange, mais je ne possédais rien, absolument rien. Alors je me suis souvenue que, de toute notre traversée, je ne leur avais pas dit mon nom. J'ai couru : Attendez ! attendez ! Ils se sont retournés et de loin je leur ai crié : Je m'appelle Hannah ! et j'ai filé. C'est la première fois que je donnais mon prénom comme un cadeau...

Dixième jour

Avec l'argent de mes Silencieux, j'ai donc dormi dans une auberge et dans... un lit ! J'avais oublié combien c'est mou. À vrai dire, c'est trop mou. Me suis réveillée pleine de courbatures.

Pris une diligence qui s'en va vers le sud. Beaucoup pensé à L'Hirondelle, à Grégoire, à Iorim...

Onzième, douzième et treizième jours

Le paysage change très rapidement : des champs cultivés, des arbres, oui, des vrais arbres avec de vraies feuilles ! Et même un cours d'eau ce matin ! Traversé de nombreux petits villages accueillants. Un peu fatiguée, quand même. Je devrais manger davantage. J'ai maigri, je crois. Envie de choses douces et sucrées. Un sucre d'orge, tiens ! Au prochain village je ferai toutes les boutiques s'il le faut et je m'en offrirai un !

CHAPITRE VI

TOMEK

Ainsi s'achève, Tomek, mon journal du désert. Ce qui arrive maintenant t'intéresse en particulier et tu te doutes bien pourquoi. Le prochain village était le tien. Sais-tu qu'il est très joli ? Et paisible, surtout. En tout cas, il m'a plu tout de suite. J'y suis arrivée un après-midi. J'ai marché au hasard dans les ruelles, quelques enfants à mes trousses : « Où tu vas ? Comment tu t'appelles ? » J'ai même fait une partie d'osselets avec eux ! Puis soudain, je me suis sentie faible. Je me suis assise sur un banc de pierre devant une maison. Une dame est sortie pour secouer sa salade :

— Vous vous trouvez mal, ma petite demoiselle ? Vous êtes bien pâlichonne…

— Ça va, ça va… Je suis un peu fatiguée, c'est tout…

— Entrez donc boire un verre d'eau, le temps de vous remettre…

Le verre d'eau s'est transformé en un grand bol de chocolat agrémenté de tartines de confiture d'abricots. Elle s'appelle Line. C'est une bonne personne. Tu la connais, je crois. Elle vit seule et j'ai dormi chez elle. Le lendemain, je voulais continuer ma route, mais elle a insisté pour que je reste une journée de plus :

— J'ai mis des pommes de terre au four. Nous les mangerons ce soir. Vous n'allez pas me laisser avec cette platée sur les bras, tout de même !

Je suis donc restée et j'ai dormi une bonne partie de la journée. J'étais plus fatiguée que je le pensais. Au dîner, nous nous sommes régalées des pommes de terre, puis, comme je n'avais pas sommeil, je suis allée flâner dans le village. Tout était si calme et rassurant ce soir-là ! J'aurais pu croire que j'habitais ici, que j'y avais une famille, que je n'avais rien à craindre de la vie.

J'allais rentrer chez Line quand j'ai vu cette petite rue qui ne va nulle part, qui se perd dans la campagne. « Allons, je vais encore jusqu'au bout de celle-là, et puis je rentre… » Je suis arrivée à la dernière maison. J'ai lu l'enseigne : ÉPICERIE, en grosses lettres bleues. La porte était ouverte. Je suis entrée sans bruit. Tu étais assis derrière le comptoir, dans ton tablier gris d'épicier. Dieu que tu semblais rêveur ! Tu étais loin, si loin… Mais il fallait bien que je dise quelque chose. Tu ne m'avais pas remarquée, et il n'est pas très poli d'observer en cachette quelqu'un qui ne vous voit pas. Alors je me suis décidée :

— Est-ce que vous vendez des sucres d'orge ?

Tu as eu un petit sursaut :

— Euh, oui, je vends des sucres d'orge…

Et tu as plongé ta main dans un bocal. Ça ne commençait pas mal du tout !

— Qu'avez-vous dans tous ces petits tiroirs ?

Oh, Tomek, je te revois monter à ton échelle, et redescendre, et remonter. Pardonne-moi, je ne voulais pas me moquer, mais tu étais si drôle à voir ! Tu paraissais à la fois maladroit et… invincible. Rappelle-toi : je te demandais les choses les plus folles et toi, magicien timide, tu les faisais apparaître ! Ce n'était qu'un jeu au début, mais bientôt j'en ai eu le vertige. Un fol espoir m'a envahie : « Hannah, me suis-je dit, tu vas lui demander s'il a de l'eau de la rivière Qjar, à ce grand garçon malhabile, et il va te répondre : Oui, bien sûr, j'en ai, mais je la vends à la goutte. Combien en voulez-vous ? » Je l'aurais mise dans ma gourde et mon long voyage aurait été fini. J'aurais fait demi-tour et je serais rentrée chez moi, pour y retrouver mes parents, ma passerine, pour embrasser Hoda sur ses bonnes joues rondes… Je te jure, Tomek, que l'espace d'un instant j'ai pensé que tu allais vraiment ouvrir l'un des trois cents petits tiroirs, en tirer une bouteille et demander : « Alors ? Combien de gouttes voulez-vous ? » Je t'aurais répondu : « Toute la bouteille ! Je veux toute la bouteille ! »

Mais tu as secoué la tête. Tu n'en avais pas. Tu avais tout, sauf cela...

J'ai posé ma pièce d'un sou sur le comptoir pour payer le sucre d'orge et j'ai regagné la maison de Line. Le lendemain matin, je suis passée devant ton épicerie en reprenant ma route. Tu étais occupé à dresser une pyramide de boîtes sur une étagère et tu me tournais le dos. Je ne suis pas timide : avec mille autres que toi, je serais entrée sans façons et j'aurais lancé : « Bonjour ! Je suis venue hier soir, vous vous rappelez ? » Avec toi, je n'ai pas osé. Quand tu t'es retourné, j'ai vite fait un pas de côté pour ne pas être vue. Pourtant, j'aurais bien aimé, avant de quitter le village, revoir ton sourire, et t'offrir le mien... On est bête quelquefois, non ?

CHAPITRE VII

L'OURS

Quand j'ai vu se dresser devant moi les grands sapins noirs de la Forêt de l'Oubli, je n'ai pas eu peur.

En effet, Tomek, cette forêt n'est effrayante que lorsqu'on sait ce qu'il y a dedans. Or je ne le savais pas… J'ignorais tout de sa magie et de ses ours ! Tu m'as dit combien tu avais hésité avant de t'y aventurer. Eh bien, ne te vexe pas, mais je me demande si je me suis arrêtée trois secondes devant ! J'y suis entrée comme on entre dans un bois pour cueillir des champignons. Avec la même insouciance. Vraiment !

Et apparemment, j'avais raison de ne pas m'en faire. Malgré ses arbres gigantesques, elle semblait assez hospitalière, cette forêt. Le chemin, jonché d'aiguilles, allait tout droit, le soleil filtrait à travers les hautes branches : quelle jolie

promenade ! Dire que certains ont peur de la forêt !
Pourquoi pas du loup ! J'en riais toute seule. J'aurais moins ri si j'avais su que ces lieux grouillaient
de créatures bien plus terribles et cruelles que les
loups…

D'abord la lumière a faibli. « C'est normal,
me suis-je dit, les sapins sont plus touffus ici. »
Mais, bientôt, j'ai dû ralentir mon pas car je n'y
voyais presque plus. Et pourtant il n'était pas
midi… Ensuite la température a baissé d'un coup
et j'ai frissonné. Je me rappelle tout à fait la question que je me suis posée à cet instant : « Tu fris-
sonnes, Hannah… Est-ce de froid ou bien de peur ?
De froid ! Bien sûr, de froid ! De quoi aurais-je
peur ? Je ne suis pas une enfant ! »

Je me suis serrée dans ma veste la plus chaude
et j'ai continué. Ne pas quitter le chemin… Surtout ne pas quitter le chemin…

Je ne sais pas combien de temps j'ai marché
ainsi, en essayant de ne pas penser, d'oublier où
j'étais. Pour lutter contre mon inquiétude, je
tâchais de m'occuper l'esprit à des jeux stupides :
« Comment prépares-tu un bon riz au lait, Hannah ? Concentre-toi ! Du riz au lait ? Oui, je fais
bouillir le lait, j'y ajoute un bâton de vanille pour
le parfumer et puis… Où vais-je ? J'ai l'impression de m'enfoncer dans des ténèbres glacées,
j'ai l'impression que… Non, ne pense pas à ça !
Que fais-tu après le bâton de vanille ? Après la

vanille ?… Je jette le riz, que j'ai déjà fait cuire un peu bien sûr… C'est ça, je jette le riz dans le lait… Mais que ferai-je si je n'y vois plus du tout ? si je m'égare ? si le noir m'engloutit ?… Je couvrirai la casserole et je… Ne crie pas Hannah, ne hurle pas, surtout ! Tu te ferais peur à toi-même ! Surveille plutôt ton riz au lait… qu'il ne déborde pas… tu vas le manger bientôt… Sens-tu déjà la bonne odeur qui monte ?… »

J'allais ajouter le sucre quand j'ai trébuché sur un obstacle. À peine relevée, j'ai voulu continuer, mais je ne sentais plus sous mes pieds que des branches et de la mousse humide. Le chemin ? Où était le chemin ? L'obscurité m'entourait maintenant. Au bord de la panique, j'ai couru sur ma droite, puis sur ma gauche. Je suis tombée de nouveau, m'écorchant les genoux. « Calme-toi, Hannah ! Tu es en train de devenir folle ! Ne fais pas n'importe quoi ! Tu vas te blesser, perdre ton sac… » Je me suis adossée à un grand arbre pour reprendre mon souffle. Le chemin était perdu. Soit. Mais il ne pouvait pas être loin. Il suffisait de le chercher, d'explorer toutes les directions. Je m'y suis efforcée pendant une heure au moins, à tâtons, revenant sans cesse à mon arbre. C'était à perdre la raison ! Le chemin demeurait introuvable. Il ne me restait plus qu'à marcher vers le sud. J'ai tiré de ma poche la boussole de Iorim et je l'ai approchée tout près de mes yeux pour la lire. La fidèle petite aiguille rouge pointait vers le nord. « Toi au moins, ai-je pensé, on peut toujours compter sur toi… » J'allais ranger la boussole dans son étui quand le doute m'a saisie. Je l'ai mieux observée, la tenant bien immobile dans ma main, et j'ai cru défaillir : l'aiguille rouge pivotait lentement, lentement, jusqu'à indiquer exactement la direction opposée ! Elle s'y est stabilisée un instant, puis elle a repris sa course. Elle montrait tantôt ici, tantôt là, faisait trois tours rapides, s'immobilisait, repartait… J'ai failli éclater en sanglots.

Je n'avais même pas l'espoir d'attendre le jour, puisque c'était le jour ! Comme elle était loin, la douce lumière du désert, celle qui baigne les dunes et fait plisser les yeux. Est-ce qu'elle avait jamais existé ? Accroupie dans la mousse moisie, avec ma boussole détraquée dans la poche, j'en aurais presque douté… Et pourtant, elle était quelque part là-haut, cette lumière, au-dessus des arbres géants. Le soleil, la chaleur, la vie… Il suffisait de les atteindre ! « Grimpe, Hannah, grimpe vers la lumière ! » J'ai passé mon sac en bandoulière autour de mon cou et j'ai escaladé les premières branches. Puis les suivantes. J'y parvenais sans trop d'effort, c'était à peine plus difficile que monter une échelle. Je commençais juste à reprendre confiance lorsqu'il est arrivé… L'Ours.

J'ai l'oreille fine, mais, autant l'avouer, je ne l'avais pas entendu s'approcher.

D'épouvante, j'ai failli basculer dans le vide. Combien pouvait-il mesurer? Je me trouvais à douze bons mètres du sol et sa tête était presque à hauteur de la mienne! Je suis restée pétrifiée, n'osant plus respirer. Entre nous deux, il n'y avait pas plus que la portée de son énorme patte griffue. Il lui suffisait de la lancer devant lui pour me déchiqueter. Je percevais le râle sourd de sa respiration, je sentais sur mon visage la puanteur de son souffle. Quelque chose m'intriguait cependant: pourquoi ne bougeait-il pas? Pourquoi cette étrange fixité? Je n'y comprenais rien. Jusqu'à ce qu'il soulève ses paupières et que je découvre, au milieu d'une broussaille de poils, deux yeux tout blancs, deux yeux… morts! Cet ours était aveugle! J'étais à quelques centimètres de lui et il ne me voyait pas!

« Courage, Hannah, il suffit de patienter, de ne pas faire le moindre bruit… Il va se lasser, partir… » J'ai patienté… Longtemps…

Parfois il inclinait son énorme tête pour mieux écouter encore. Ses oreilles pivotaient légèrement. Il me devinait, ce monstre, je le voyais bien. Il me savait là. Il attendait seulement que je m'épuise, que je laisse échapper une plainte, un sanglot. « N'y compte pas! Tu ne m'auras pas, Basile! Sac à puces! Grosse baderne! Si je dois être mangée un jour, ce sera par quelqu'un d'autre que toi, et parce que je le voudrai bien ! Dégage ! »

Je me suis si bien mise en colère que c'est sorti tout seul : Dégage ! Oh, Seigneur, qu'avais-je fait là ! En une fraction de seconde, l'Ours a lancé sa patte. Il y a mis une telle violence que l'arbre a vacillé ! Des branches aussi grosses que moi ont volé en tous sens, arrachées comme des brindilles. Celle sur laquelle j'étais assise a craqué. J'ai à peine eu le temps d'en saisir une autre. Maintenant j'étais suspendue dans les airs juste au-dessus de l'Ours, furieux de m'avoir manquée de si peu. Difficile d'imaginer situation plus critique. D'autant plus que, si je suis très résistante, je n'ai pas beaucoup de force dans les bras... Mes mains se sont mises à glisser, glisser. « Cette fois, me suis-je dit, c'en est fini de toi ! »

Et puis j'ai vu l'oreille... La belle oreille velue, ouverte comme un immense coquillage... « Ah, tu veux entendre quelque chose, mon ami ! Tu aimes la chanson, peut-être ? Eh bien, je vais te chanter un petit air ! » Je me suis balancée deux fois et, sans lui laisser le temps de réagir, j'ai ouvert les doigts et je me suis laissée tomber tout entière dans la grande caverne sombre, dans l'oreille de l'Ours ! J'ai empoigné à pleines mains les longs poils drus afin de ne pas disparaître dans les profondeurs et j'ai poussé mon cri. Le cri de ma vie. Strident. Suraigu. À m'en déchirer la voix. L'Ours a hurlé de douleur et secoué sa tête comme un forcené. Je m'agrippais tant et si bien que j'ai réussi à ne pas m'envoler dans les airs. Et pourtant j'avais connu séjour plus agréable que cette grotte puante. Apparemment, monsieur l'Ours ne se lavait pas l'oreille chaque matin avec le coin de sa serviette !

Puis il a commencé à se rouler sur le sol, du moins je le suppose, puisque ayant lâché prise je me suis retrouvée aussitôt sur la terre ferme. Alors j'ai couru, couru, sans me soucier du nord, du sud, ni de rien du tout. « Cours, Hannah, cours ! Si tu veux rester vivante, cours comme jamais ! » Je ne savais plus si j'avais encore mon sac autour du cou, si j'étais blessée, si l'Ours m'avait enlevé un bras… Je ne sentais rien, ni les gifles des branches basses, ni les griffures des ronces. Je savais seulement que j'étais encore en vie et que j'avais le désir fou de le rester.

Les miracles existent et j'ai couru dans la bonne direction. En débouchant des heures plus tard à l'orée de la forêt, je devais offrir un bien triste spectacle. Une demi-folle, dépenaillée, écorchée, épuisée… mais vivante !

Je me suis avancée dans la prairie. La lumière, la splendeur des fleurs, leurs parfums entêtants m'ont submergée. « Comme c'est bon d'être en vie ! me disais-je, ivre de joie, comme c'est… délicieux ! » Devant moi s'étendait à l'infini une

prodigieuse mosaïque de couleurs. Des millions
de jardins… Je m'y suis plongée, noyée. Sous
une immense fleur bleue, aussi vaste que la voile
d'un bateau, je me suis allongée. J'ai respiré à
pleins poumons… « Oh, quelle bonne fatigue…
quelle douce torpeur… Où suis-je?… Sur tes
épaules, mon père? Est-ce que ce sont des oiseaux
ou des fleurs? des pétales ou des ailes? Est-ce
que je m'endors ou est-ce que je meurs? Mes
yeux se ferment, mon père… Ramène-moi à la
maison, s'il te plaît… »

CHAPITRE VIII

HANNAGOM

« Cette chemise de nuit ne m'appartient pas… »
Voilà ce que j'ai pensé dès mon réveil. Je n'en
avais jamais porté de semblable. Elle était si
confortable, si douce sur la peau, elle sentait si bon
le propre. Avant même d'ouvrir les yeux, j'ai su,
à cause d'elle, que je n'avais rien à craindre ici,
qu'on ne m'y voulait aucun mal. À mon chevet,
une femme un peu ronde et les joues constellées
de taches de rousseur me dévisageait, stupéfaite :

— Vous… vous êtes réveillée ?

Je n'étais pas la moins étonnée des deux :

— Oui… Où suis-je ?

Elle tenait dans ses mains un livre d'images
que je connaissais bien. On me l'avait lu, petite
fille : *Il était une fois un bûcheron et une bûche-*
ronne qui avaient sept enfants, tous garçons…

— Vous êtes chez nous… a-t-elle bredouillé,
je veux dire chez les Parfumeurs… Nous vous

avons recueillie voici trois jours dans la prairie. J'allais vous lire le… je commençais juste… Oh, mon Dieu, comme je suis heureuse ! Vous êtes la première personne que je réveille ! Depuis plus de cinquante ans ! Et pourtant je lis volontiers et plus souvent qu'à mon tour… Pardonnez-moi, mais je ne peux pas m'empêcher de pleurer… Je dois aller prévenir sans plus tarder… Oh, comme je suis heureuse ! Quel est votre nom ? Je veux être la première à le connaître.

— Je m'appelle Hannah…

— Merci, Hannah ! Surtout, restez dans votre lit ! Je reviens dans un instant avec Eztergom…

— Eztergom ?

— Oui, notre chef ! Moi, je suis Mme Perligom !

Et elle a disparu dans l'escalier.

La chambre était modeste, mais on avait mis beaucoup de soin à la rendre agréable : jolie nappe en dentelle sur la table de nuit, rideaux fleuris à la fenêtre. J'ai sauté du lit et vu aux pansements appliqués sur mes bras et mes jambes qu'on avait soigné mes blessures… À peine ai-je eu le temps de trouver dans l'armoire ma robe lavée, raccommodée et repassée, que Mme Perligom frappait à la porte, accompagnée d'un petit vieillard à barbe blanche. Je me suis vite glissée sous les draps. Elle était si émue qu'elle en mélangeait le rire et les larmes :

— Je vous assure, monsieur Eztergom, j'ai seulement dit « Il était une fois »… et elle a ouvert les yeux ! Je venais de m'asseoir, vous vous rendez compte ! Ah, mademoiselle Hannah, vous venez de m'offrir le plus grand bonheur de ma vie ! Je peux mourir maintenant…

— Allons, madame Perligom, l'a grondée le vieil homme, reprenez-vous ! Vous n'aviez pas eu de chance jusqu'à ce jour, mais vous voilà récompensée de votre obstination !

Puis s'adressant à moi :

— Pardonnez-nous, mademoiselle, cela est du chinois pour vous… Mais je vous expliquerai tout dès ce soir devant un bon repas. Vous aimez les crêpes ?

Il m'a fallu, Tomek, voir passer devant mon lit la moitié de la population du village. Quel défilé ! Toutes ces têtes rondes et joufflues, ces sourires amicaux… Certains enfants étaient tellement courts sur pattes que leurs yeux dépassaient tout juste au-dessus de mon lit. Je les remerciais comme je le pouvais et me retenais de rire. Mme Perligom, elle, se tenait à la porte et trempait de larmes son deuxième mouchoir. Beaucoup l'embrassaient en ressortant :

— Félicitations, madame Perligom !

— Bravo, madame Perligom ! Si quelqu'un le mérite, c'est bien vous !

Comme toi, Tomek, j'ai dû avaler le soir même plus de dix crêpes à la cantine du village.

Mais je reconnais qu'il existe punition plus sévère. Comment peuvent-ils les faire aussi délicieuses ? As-tu goûté celles au sirop d'érable ? Et celles aux six fromages ?

Ainsi, j'avais dormi trois jours seulement. D'après Eztergom, c'était très peu. Il m'a raconté l'histoire de ce Mortimer qu'ils avaient mis plus de six ans à réveiller. Il la raconte à tous, je parie, et je suis sûre qu'il rit d'aussi bon cœur à chaque fois.

— Est-ce que d'autres ont dormi moins long-temps que moi ? ai-je demandé.

— Oh, bien sûr ! Il y a quelques années, nous avons recueilli une jeune fille à peine plus âgée que vous. Les femmes l'ont lavée, lui ont passé une chemise de nuit et l'ont installée dans sa chambre de Grand Sommeil. Puis elles m'ont appelé, car la tradition veut que je donne la première lecture. Les autres viennent après moi : hommes, femmes, enfants en âge de lire, chacun rempli de l'espoir que le hasard le choisira, qu'il trouvera les Mots qui Réveillent. D'ordinaire, je lis une heure envi-ron. Je me rappelle très bien le livre choisi ce jour-là : *La fleur qui n'existe pas*, de notre grand poète Egom. Je me suis assis et il s'est passé cette chose incroyable : la jeune femme a ouvert les yeux ! Ce n'était jamais arrivé aussi rapidement jusqu'à ce jour. Selon les personnes présentes, le simple froissement des pages aurait suffi ! D'autres

82

affirment que je me serais raclé la gorge avant de commencer ma lecture… Quoi qu'il en soit, il sera difficile de faire mieux désormais. En tout cas, ce ne sera pas avec le jeune homme qui dort dans la chambre voisine de la vôtre…

J'ai tressailli :

— Le jeune homme ?

— Oui, nous l'avons recueilli avant-hier. À croire qu'il vous suivait de près… Buvez donc un peu de cidre, vous êtes en train de vous étouffer…

Sais-tu, Tomek, que tu es joli garçon quand tu dors ? Je le sais mieux que personne puisque je t'ai observé pendant une semaine entière ! J'essayais de franchir le mystère de tes yeux fermés : où étais-tu ? À quoi rêvais-tu ? Car tu rêvais, je le voyais bien. À des petits tiroirs ? Au chemin qui s'en va sous ta fenêtre ? À la jeune fille au sucre d'orge ?

— Si c'est cela, te disais-je à voix basse, si c'est de moi que tu rêves, alors ouvre les yeux : je suis là. Il n'y a entre toi et moi que l'épaisseur de tes paupières…

Mais tu ne bougeais pas un cil. Alors je lisais, je lisais… Trop rapidement au début, dans ma hâte de trouver les Mots qui Réveillent. Plus lentement ensuite. On devrait toujours prendre son temps pour lire. Est-ce qu'on accélère la musique quand on la joue ?

Souvent, on venait taper à la porte :

— Mademoiselle Hannah, on vous attend à la bibliothèque… à la parfumerie… à l'hôtel de ville…

Et comme je tardais à venir :

— Ne craignez rien, quelqu'un lira à votre place. Un dormeur ne reste jamais seul, chez nous !

Ou bien :

— Mademoiselle Hannah, vous allez vous abîmer la vue à force de lire. D'ailleurs, on vous demande à la cantine, car il est l'heure de manger !

As-tu remarqué, Tomek, qu'il est souvent « l'heure de manger » chez les Petits Parfumeurs ? Grâce à leurs beignets et à leurs crêpes, j'ai repris en quelques jours tous les kilos perdus pendant mon voyage. J'en ai même gagné de nouveaux par-dessus le marché ! Et le seul soir de ma Fête du Réveil, j'ai bu plus de cidre que dans toute ma vie. Quant aux garçons du village, c'était à celui qui m'inviterait à une promenade ou à une visite. J'en avais toujours au moins deux à mes trousses. Le matin de mon départ, j'ai trouvé sous ma porte une gentille lettre qui disait à peu près :

« Pourquoi t'en aller ? Tu devrais rester au village. Tu t'appellerais Hannagom et je me marierais avec toi. Qu'en penses-tu ? »

Il avait oublié de signer. J'ai répondu au crayon, derrière :

« *Je te remercie de ta proposition, mais je dois, hélas, continuer ma route. Pour le mariage, je suis certaine que, déluré comme tu es, tu en trouveras facilement une autre qui t'aimera…* »

« … Et à qui tu arriveras plus haut qu'à l'épaule ! », ai-je ajouté pour moi-même, mais ça, je ne l'ai pas écrit.

Je t'ai lu presque tout le grand livre des *Mille et Une Nuits*, Tomek. Plus de huit cents pages… Quelquefois, je perdais le fil de l'histoire, et je laissais couler les mots de ma bouche sans m'occuper de leur sens. D'autres fois au contraire, je le suivais si bien que je devenais Shéhérazade. J'étais allongée auprès du sultan Shahriyar, et je contais pour ne pas mourir. Au-dessous de nous, sur son lit, veillait ma sœur Dinarzade, la fidèle… Plus la fin approchait et plus je prenais mon temps. Sans doute pour retarder le moment où je ne lirais plus pour toi. J'ai prononcé très lentement les derniers mots de la dernière phrase :

— … *jusqu'à ce que le roi Saleh vînt les prendre et les ramenât en son royaume sous les flots de la mer…*

Le silence était très joli quand je me suis tue. Ensuite, j'ai refermé le livre et je suis sortie de la chambre. À la bibliothèque, j'ai écrit le soir même cette lettre que t'a remise Eztergom à ton réveil.

Le lendemain, jour de mon départ, les Parfumeurs m'ont comblée de présents.

— Je vous en prie, leur disais-je, je ne pourrai jamais transporter tout cela !

J'ai accepté les moins encombrants. Celui de Mme Perligom : le livre du *Petit Poucet*, en souvenir d'elle et de mon Grand Sommeil… Celui de Pépigom aussi : un flacon de parfum appelé : *Trois abricots débordant du panier un dimanche matin*…

Tandis qu'une charrette tirée par un cheval m'emportait vers l'océan, et que les Parfumeurs agitaient leurs mouchoirs pour me dire adieu, je ne pensais qu'à toi qui dormais toujours, que je laissais en arrière pour la seconde fois, et je me disais : « Si jamais je te retrouve, petit épicier, je ne te lâcherai plus… »

CHAPITRE IX

LE PORT

La charrette menée par Hilgom, un Petit Parfumeur, allait cahin-caha sur le chemin côtier. Assise à l'arrière, je me rappelais les mots qu'avait utilisés le conteur à propos de la rivière Qjar. Elle se trouvait, selon lui, au-delà du sable et de l'eau… Le sable, je l'avais franchi. L'eau, je la voyais scintiller à perte de vue sous le soleil d'automne. On entendait le bruissement tranquille des vagues.

L'océan… Il m'avait fallu tout ce temps pour l'atteindre. « Comment ferai-je maintenant pour le traverser ? me demandais-je. Et quels périls m'attendent de l'autre côté, si jamais j'y parviens ? Sans compter qu'il faudra bien revenir… »

J'en étais là de mes pensées, quand nous avons aperçu les toits en ardoise du port.

— Comment s'appelle cet endroit ?

— Oskedi-bekalidem ! m'a lancé Hilgom.

— Os… comment ?

— Oskedi-bekalidem. Ici tous les villages ont des noms à coucher dehors, et les gens aussi, vous verrez…

Nous avons suivi une ruelle pavée qui montait raide entre des maisons de brique. Trois enfants y faisaient rouler un chariot de leur fabrication. Arrivé tout en haut, mon Parfumeur m'a aidée à descendre de la charrette :

— Vous voulez traverser l'océan, n'est-ce pas ? Alors venez avec moi et j'aurai peut-être une surprise pour vous. Il y a une chance sur mille, mais sait-on jamais…

Il a frappé à une porte semblable aux autres, mais dont le heurtoir figurait une ancre marine. La fenêtre s'est ouverte à l'étage, et un colosse à l'air jovial en a rempli tout le cadre :

— Tiens, ce cher Hilgom ! s'est-il écrié. Vous êtes en bonne compagnie, dites-moi ! Entrez donc, tous les deux !

Un instant plus tard, nous étions dans le salon et Hilgom s'est chargé des présentations :

— Hannah, voici le capitaine Ogali-bahibombar. Il ne l'avouera pas car il est modeste, mais nul ne connaît la mer mieux que lui. Capitaine, voici Hannah, que nous avons recueillie et réveillée la semaine dernière.

L'énorme bonhomme m'a saluée d'un sourire amical :

— Félicitations ! Il aurait été dommage qu'elle reste endormie, cette petite !

— N'est-ce pas ? a timidement approuvé le Parfumeur. C'est justement d'elle qu'il s'agit : voyez-vous, capitaine, elle désire traverser, et je m'étais dit que peut-être…

— Vous vous êtes dit et vous avez eu raison ! Vous savez que je ne refuse rien à mes amis les Parfumeurs. D'ailleurs, elle n'a pas l'air bien lourde, cette jeune fille, je doute qu'elle fasse couler le navire !

Puis, s'adressant à moi :

— Nous partons après-demain, mademoiselle, cela vous convient-il ?

Comme j'en restais muette d'étonnement, il s'est aussitôt inquiété :

— Ah, je vois, c'est trop précipité. Vous n'aurez jamais le temps de faire vos bagages, c'est ça ?

— Mes… bagages ? ai-je bredouillé, et j'ai baissé les yeux vers le sac posé à mes pieds : Je n'ai que ça…

— Oui, c'est que… a repris Hilgom, un peu hésitant, elle ne possède pas grand-chose. D'ailleurs, elle ne pourra sans doute pas régler dès maintenant la totalité de…

— Je comprends, je comprends… a murmuré le capitaine, pensif, en observant mon sac efflanqué et ma couverture. Mais nous trouverons bien une solution. Au fait, où désirez-vous aller exactement, mademoiselle ?

Comment aurais-je pu le savoir ? Je voulais traverser l'océan, tout simplement. Je commençais à m'embrouiller dans mes explications, quand la tête ébouriffée d'une femme est apparue à la porte de la cuisine :

— Ces messieurs-dames mangeront-ils avec nous ?

— Bien sûr ! a répondu Ogali-bahibombar sans même nous consulter.

Puis, en guise d'explication :

— C'est mon épouse, Tasmira-duofinil… Elle prépare le ragoût de mouton comme personne, vous m'en direz des nouvelles !

Les deux hommes ont bu une bière, moi, un verre de lait. Leur conversation allait bon train, et je n'en perdais pas une miette : Ogali-bahibombar possédait un gigantesque cinq-mâts, le plus majestueux de toute la côte. Il y transportait du thé. Pour traverser l'océan, il empruntait la route la plus longue, mais également la plus sûre, loin des tempêtes et des pirates. Si bien que de nombreux passagers en quête d'aventures et d'horizons lointains s'embarquaient aussi. Cette année, la famille du capitaine elle-même serait du voyage.

Hilgom, lui, n'en revenait pas de ma chance :

— Nom d'un petit bonhomme, Hannah ! Après-demain ! Vous partez après-demain sur le plus beau bateau du monde ! Est-ce que vous vous rendez compte ?

Je ne réalisais qu'à moitié, il faut bien le dire. Tout était si soudain.

— Combien de temps le voyage dure-t-il ? ai-je demandé.

— Deux mois, mademoiselle, a répondu le capitaine, et autant pour revenir… Mais nous faisons de nombreuses escales, où les gens montent et descendent à leur convenance.

— Pour qui veut découvrir le monde, a commenté Hilgom, ce voyage est, paraît-il, un enchantement. Ah, je partirais volontiers, je vous assure…

— Et qu'est-ce qui vous en empêche ? a demandé le capitaine.

— Le mal de mer… C'est terrible. Il suffit que je pense à un bateau qui tangue, et j'ai l'estomac dans la bouche.

L'odeur alléchante de la viande de mouton filtrait sous la porte et venait nous chatouiller les narines. Vers midi, Tasmira-duofinil est sortie de la cuisine et elle s'est penchée à la fenêtre qui donnait sur la rue :

— Justofil-antourtiface ! Vérida-lucidémone ! Colino-tramonostir ! À table ! Laissez ce chariot et montez tout de suite !

— On arrive, maman ! ont répondu trois petites voix.

Quelques minutes plus tard, les deux garçons et la fille se ruaient dans la salle à manger où nous étions installés.

Pendant que nous dégustions le ragoût de mouton, ils se sont tenus très sages, mais la fille, Vérida-lucidémone, ne me quittait pas des yeux.

— Comment s'appelle la dame ? a-t-elle fini par souffler à sa mère.

— La dame s'appelle Hannah, a répondu celle-ci.

Les trois enfants se sont regardés et ont commencé à pouffer.

— Allons ! les a grondés leur mère. Il n'y a pas de quoi rire ! Décidément, vous êtes trop bêtes, il est grand temps que vous alliez découvrir le monde…

Ils auraient bien voulu obéir, mais c'était plus fort qu'eux : ils s'en étouffaient dans leur serviette. Je pense qu'ils n'avaient jamais entendu prénom aussi drôle que le mien.

Après le repas, nous sommes allés tous ensemble sur le port, et à cet instant-là seulement j'ai pris la mesure de ma chance. Comment imaginer plus beau spectacle que ce voilier amarré dans la rade ? Il ressemblait à un immense jouet avec son bois verni, ses cordages enroulés comme des serpents endormis, ses cinq mâts géants dressés vers le ciel.

— Et ça n'est rien, s'animait Hilgom, vous le verrez demain sous ses voiles, il sera encore plus beau !

Autour du bateau régnait une joyeuse activité. Des hommes se croisaient sur les passerelles, chargés de ballots et de caisses de toutes tailles. On s'interpellait, on riait. Les trois petits tiraient la manche de leur père :

— Papa, on a le droit de monter ?

— Non. Vous monterez demain seulement, avec les autres passagers. Et avec Mme Roskalicrocalibur, bien entendu.

— Oh, non ! Pas le dragon ! a gémi Colinotramonostir, le plus petit des trois.

— Quant à moi, s'est excusé le capitaine, je vous abandonne, car je dois rassembler mon équipage et préparer le départ. Hilgom, mon cher, à la prochaine fois !

Un peu plus tard, Hilgom nous a quittés à son tour. Il passerait la nuit dans une auberge et rentrerait le lendemain dans son village…

— Adieu, mademoiselle Hannah, faites un bon voyage…

— Adieu à vous aussi, Hilgom, et merci pour tout. Saluez bien les Parfumeurs de ma part. Ditesleur que je ne les oublierai jamais.

Ce soir-là, j'ai dormi dans le lit de Véridalucidémone, ravie de me laisser sa place et de pouvoir coucher sur un matelas dans la chambre de ses frères.

Le lendemain, il pleuvait et j'ai passé la journée avec les enfants. Des petits chevaux à la bataille de cartes, nous avons épuisé tous les jeux connus, à la suite de quoi nous en avons inventé d'autres ! Sans compter les histoires que je leur ai lues, et qu'ils écoutaient sagement après s'être disputé la place sur mes genoux. Chacun avait ses manières : Justofil-antourtiface, le plus grand, fronçait les sourcils quand l'histoire tournait mal. Vérida-lucidémone se blottissait contre moi et me caressait la main. Colino-tramonostir pouvait tenir son doigt levé plus de trois minutes, et quand je lui demandais : « Que veux-tu me dire ? », il l'avait oublié…

Le soir, les trois ont tardé à s'endormir, tant ils étaient excités à l'idée de partir. Quand la maison a retrouvé son calme, il était tard, et j'ai enfin pu poser à Tasmira-duofinil la question qui me préoccupait depuis la veille :

— N'avez-vous pas peur que sur le bateau un des enfants se penche et…

Elle a secoué la tête :

— C'est impossible. Un filet court tout le long du bastingage, et si un enfant bascule, il tombe dedans ! Vous verrez, il y a sur notre voilier autant de femmes et d'enfants qu'à terre. La mer n'appartient pas qu'aux hommes, n'est-ce pas ? Au fait, Hannah, j'ai parlé avec mon mari tout à l'heure et il nous est venu une idée à votre sujet…

— À mon sujet ? Vraiment ?

— Oui. Je vous ai observée avec les enfants aujourd'hui et j'ai vu qu'ils vous adoraient. Or leur préceptrice, Mme Roskali-crocalibur, ne pourra pas s'embarquer comme prévu. Elle s'est tordu une cheville. Entre nous, ça ne m'étonne guère, avec ses talons trop hauts… Nous avons pensé que vous pourriez la remplacer pendant la durée du voyage…

— Volontiers, mais je… je ne sais pas si j'en serai capable…

— Je suis sûre que oui. Et les enfants seront ravis. Ils la surnomment « le dragon », c'est tout dire ! Quant au travail, ne vous en faites pas. Ils n'ont que cinq, six et sept ans ; un peu de calcul, un peu de dictée leur suffiront. Je ne suis pas d'avis de leur bourrer le crâne !

Cette nuit-là, dans le lit trop petit de Vérida-lucidémone, j'ai fait des rêves embrouillés où se mêlaient des règles d'orthographe incertaines, des voiles blanches dans le ciel bleu, et surtout des enfants rieurs qui se débattaient dans un filet, et que je repêchais au bout d'un bâton crochu comme on fait avec les canards de bois à la fête du village.

CHAPITRE X

EN MER

Hilgom avait raison, Tomek. Qu'est-ce qu'un voilier sans ses voiles ? Une mariée sans sa robe, un paon qui ne fait pas la roue… À mesure que les matelots les hissent les unes après les autres, que le vent les gonfle ou les fait claquer, on se sent soulevé de bonheur et de force. Sur le quai, des centaines de personnes agitaient leurs bras et nous enviaient sans doute. En voyant s'éloigner la terre, je riais et pleurais à la fois. « Comme c'est beau, me disais-je, comme on se sent libre ! » Mais aussi : « Où cela finira-t-il ? Je ne sais même pas où je vais… »

Les premiers jours à bord n'ont pas été bien agréables. Le temps était maussade et j'ai eu le mal de mer. Je restais enfermée dans ma cabine sans pouvoir manger ni boire quoi que ce soit. Un après-midi, Vérida-lucidémone est venue me rendre visite :

— Est-ce que tu vas mieux ?

— Pas vraiment, j'ai la nausée…

— Quand est-ce qu'on va commencer l'école ?

— Bientôt, Vérida. Je me repose encore un peu…

J'ai cru qu'elle allait repartir, mais elle n'a pas bougé.

— Tu as autre chose à me dire ?

— Oui. Tu ne dois pas m'appeler… comme tu m'as appelée. Ce n'est pas poli.

Elle regardait ses pieds, renfrognée, presque furieuse. Je l'avais profondément choquée sans le vouloir.

— Pardon, je…

— Tu dois dire mon nom tout entier.

— Très bien. Désormais, je dirai ton nom tout entier, Vérida-lucidémone, et celui de tes frères aussi. Mais en échange, vous cesserez de rire en entendant le mien. Tu es d'accord ?

Elle a relevé la tête et esquissé un sourire :

— D'accord. Je vais le leur dire.

Le lendemain, je me suis réveillée à l'aube, affamée. Le pont avant était désert. À l'est, le soleil naissant éclairait le ciel d'une lueur pâle. J'ai respiré profondément. L'air vif et salé du grand large s'est engouffré dans mes poumons. J'étais guérie.

À partir de ce jour, nous avons pris nos habitudes. Dès huit heures du matin, je réunissais mes petits élèves dans la bibliothèque, et nous nous mettions au travail. Multiplications et dictées pour Justofil-antourtiface, qui savait déjà bien écrire. Additions et lignes à recopier pour sa sœur. Dessins et apprentissage des lettres pour Colinotramonostir, qui n'en revenait toujours pas d'avoir échappé au « dragon » :

— Ouf ! soufflait-il régulièrement. Bon débarras pour Mme Roskali-crocalibur !

Trois autres enfants nous ont rejoints les jours suivants, puis cinq la semaine d'après. J'ai fini par avoir devant moi une quinzaine de petits écoliers tirant la langue sur leurs cahiers : trois qui m'appelaient Hannah en se retenant de rire, et douze qui m'appelaient maîtresse. J'ai pris grand plaisir à leur faire la classe. Je crois que j'aurais trouvé le temps très long, sans cela. C'est vrai, j'ai un peu honte à l'avouer, mais le bateau m'ennuie ! Je préfère le désert…

À chaque escale, j'étais la première à sauter à terre, et la dernière à remonter. Nous avons visité des contrées incroyables, Tomek.

Imagine…

… Un pays où les hommes mesurent tous plus de trois mètres cinquante, et leurs femmes presque autant, si bien qu'ils s'accroupissent pour nous parler, comme nous faisons nous-mêmes avec les petits enfants. Leurs cuillères ressemblent à nos pelles, leurs tasses à nos marmites, leurs réveille-matin à nos horloges de cuisine, et pour s'asseoir sur leurs chaises, il faut se faire la courte échelle. Si tu avais vu notre grand Ogali-bahi-bombar au milieu d'eux ! Il avait beau bomber le torse, on aurait dit qu'il avait rapetissé. C'était à mourir de rire.

Imagine…

… Un autre pays, où les gens vivent et meurent sans jamais descendre d'un arbre démesuré dont on met plus de quatre jours à contourner le tronc ! Ils ne s'y déplacent pas seulement à droite ou à gauche comme ailleurs, mais aussi vers le haut ou vers le bas. Ils y construisent leurs maisons de bois, ils y voyagent sur des chemins de branches, ils y ont leurs terrains de jeux, leurs animaux domestiques, leurs écoles et leurs cimetières. « Nous sommes le petit peuple de l'air », disent-ils. Ils ignorent presque tout de notre monde.

… Un autre encore, où les gens ont la peau si noire qu'elle en est presque bleue. Ils jouent en soufflant dans des roseaux creux des mélodies d'une infinie tristesse, et quand ils ont terminé, ils éclatent de rire. Nous avons vu aussi le pays des hommes-chats, celui des enfants-caoutchouc et tant d'autres encore.

De retour sur le bateau, je demandais à mes petits élèves d'écrire ou de dessiner ce qu'ils avaient vu. Ou bien nous imaginions ensemble le prochain pays que nous verrions. Nous y mettions toute notre fantaisie, mais la réalité était toujours plus surprenante.

Le temps a passé ainsi, et nous étions partis depuis deux mois bientôt quand, un matin, Justo-fil-antourtiface est venu frapper à la porte de ma cabine :

— Hannah, mon papa t'attend sur le pont. Il veut te montrer quelque chose.

J'y suis allée bien vite. Le capitaine Ogali-bahibombar était accoudé au bastingage, souriant, une longue-vue à la main. Je me suis approchée :

— Vous vouliez me voir, capitaine ?

— En effet, mademoiselle Hannah ! Je voulais tout d'abord vous féliciter et vous remercier pour votre travail auprès des enfants. Ils n'ont jamais autant aimé l'école. Je crains que les retrouvailles avec Mme Roskali-crocalibur ne soient douloureuses !

— Oh, je vous en prie ! Ils sont tous tellement gentils.

Nous avons bavardé ainsi quelques instants, puis le capitaine a pointé son doigt vers le sud et m'a tendu la longue-vue :

— Au fait ! Jetez donc un coup d'œil là-dedans.

Tout d'abord, je n'ai vu que la mer, mais, en regardant mieux, j'ai fini par distinguer une ligne verte à l'horizon, entre le ciel et l'eau.

— Je vois une côte, il me semble.

— Effectivement. Et c'est pourquoi je vous ai demandé de me rejoindre. Vous vouliez « traverser l'océan », n'est-ce pas ? Eh bien c'est fait ! Nous n'allons pas plus loin qu'ici.

— Vraiment ? Et quand allons-nous accoster ?

— Accoster ? Mais jamais. Nous ne faisons pas d'escale ici.

Mon sang n'a fait qu'un tour.

— Pas d'escale ? Mais comment vais-je faire ?

— Faire quoi, mademoiselle Hannah ?

— Mais descendre du bateau ! Je dois absolument descendre !

Le capitaine s'est étonné :

— Je ne pensais pas que vous vouliez débarquer… Vous ne rentrez pas avec nous ?

— Non. Il faut que vous me laissiez ici. S'il vous plaît !

Ogali-bahibombar a marqué un long silence, puis il m'a parlé calmement :

— Mademoiselle, je n'ai jamais accosté en cet endroit et j'ignore ce qu'on trouve là-bas, derrière ces arbres. En tant que capitaine de ce bateau, je ne vous débarquerai pas ici toute seule. Dans quelques minutes, je vais comme prévu donner l'ordre de faire demi-tour et nous allons mettre le cap vers le nord. Je suis désolé.

La foudre m'est tombée sur la tête ! J'avais tout imaginé sauf cela. J'ai pensé aussitôt à la petite passerine malade qui attendait mon retour.

Chaque jour comptait. Peut-être était-il déjà trop tard ? Je venais de passer plus de deux mois sur cet océan, et maintenant, au moment où j'atteignais enfin l'autre rive, on ne voulait pas me laisser débarquer ? C'est ce qu'on allait voir !

Il m'a fallu de l'entêtement pour convaincre le capitaine. Mais il se trouve que j'en suis bien pourvue. J'ai tout essayé : je me suis mise dans une colère noire ; j'ai pleuré toutes les larmes de mon corps ; j'ai supplié à genoux. Mais rien n'y faisait. Rien. Alors, en désespoir de cause et sans même y réfléchir, je me suis soudain campée devant le capitaine, pâle de rage, je l'ai fixé et j'ai dit d'une voix blanche, en articulant bien, et sans y mettre aucune expression :

— Je sauterai à l'eau, je me noierai et ce sera votre faute, capitaine Ogali-bahibombar…

Je ne sais pas si je l'aurais fait, mais je suis sûre d'une chose : il a cru que je le ferais. J'ai lu la peur dans ses yeux. « Cette fille est folle ! », a-t-il sans doute pensé à cet instant, et il a grommelé :

— On va voir ça…

Il ne m'en fallait pas plus. J'ai su que j'avais gagné et j'ai couru jusqu'à ma cabine pour y prendre mon sac.

Avant de partir, j'ai embrassé les uns après les autres tous mes petits élèves.

— Au revoir, Hannah… Adieu, maîtresse… me disaient-ils, et j'avais la gorge trop serrée pour leur répondre.

Tous ont voulu m'offrir un cadeau d'adieu. Colino-tramonostir m'a tendu le dessin le plus moche de sa collection :

— Tu le mettras au mur de ta chambre ?

Je voudrais bien, mon Colino, mais là où je vais, je n'aurai ni mur ni chambre ! Je n'aurai plus rien que ma couverture roulée sur les épaules, mes deux jambes pour marcher et ce qu'il me reste de courage. Ton dessin se froissera au fond de mon sac et je le perdrai très bientôt, sans doute. Mais je n'oublierai pas ton gentil sourire et ton doigt levé pendant la lecture.

On a mis une barque à l'eau et je me suis assise dedans. Un matelot a ramé en direction de la côte. À mesure que nous en approchions, j'ai vu qu'elle était faite d'une petite plage et, derrière, d'une colline boisée aux couleurs de l'automne. Quand le ventre de la barque a raclé le sable, j'ai sauté à l'eau. Elle m'arrivait aux genoux, elle était tiède. Le matelot m'a souhaité bonne chance et s'en est retourné. Je l'ai regardé ramer vers le bateau. Là-bas, sur le pont, on me faisait des signes d'adieu, mais je ne distinguais que de vagues silhouettes. Ensuite, le grand voilier a viré de bord et s'est éloigné. Je l'ai suivi des yeux aussi longtemps que j'ai pu, jusqu'au dernier petit morceau de voile blanche à l'horizon.

CHAPITRE XI

ALIZÉE

As-tu remarqué, Tomek, comme on est triste pour rien quelquefois ? Là, c'était le contraire. Toute seule sur cette plage déserte, incertaine de tout, j'aurais dû être inquiète et malheureuse, non ? Eh bien, quand je me suis retournée et que j'ai vu cette forêt de hêtres, éclatante de rouges, de jaunes, d'ocres, de rouilles, j'ai presque suffoqué de bonheur. J'avais envie d'enfouir mon visage dedans ! « Une nature aussi belle ne peut pas être dangereuse, ai-je pensé. Et jamais la rivière Qjar n'a été aussi proche ! Il me suffira de rencontrer quelqu'un qui puisse me dire où elle se trouve. »

Pleine de confiance, j'ai marché vers les arbres. Le soleil jouait entre les branches. Le bruissement de mes pieds dans les feuilles mortes faisait détaler des écureuils roux. J'ai gravi la colline et découvert, en haut, un sentier qui s'en allait en sous-bois vers l'intérieur des terres. Je l'ai suivi. Bientôt, il s'est élargi et je suis parvenue à une fourche. Les deux chemins se ressemblaient exactement. De quel côté diriger mes pas ? J'ai choisi, sans raison, d'aller à gauche plutôt qu'à droite. Aujourd'hui encore, je ne sais pas si je dois en être heureuse ou le regretter… En tout cas, tu vas voir, Tomek, que cela m'a entraînée dans une aventure prodigieuse.

Après plus d'une heure de marche, je n'avais toujours pas trouvé la moindre trace d'habitation, sauf quelques cabanes de branches que des enfants avaient construites au bord du chemin. Cette région était donc peuplée. Je suis entrée dans l'une d'elles pour me reposer un peu, mais il faisait si doux, tout était si calme que je m'y suis assoupie. J'ignore combien de temps j'ai dormi. Ce sont des petits doigts sur mes yeux qui m'ont tirée du sommeil.

— Hoda… arrête, ai-je murmuré, tu sais que je n'aime pas ça…

Ma petite sœur avait cette habitude-là : pour m'obliger à me réveiller, le matin, elle venait parfois soulever mes paupières. Mais la voix que j'ai entendue n'était pas la sienne :

— Qu'est-ce que tu dis ? Ici ou ici ?

Un garçonnet de quatre ans environ se tenait accroupi à côté de moi et me tendait ses deux poings fermés :

— Qu'est-ce que tu dis ? Ici ou ici ?

Je sais, Tomek, on ne devrait jamais dire qu'un enfant est moche. C'est cruel. Alors disons que celui-ci était assez mal fichu, le pauvre, avec sa tête trop volumineuse et son minuscule nez pointu perdu entre deux grosses joues rouges.

J'ai désigné son poing gauche :

— Ici…

Il l'a ouvert :

— Non. C'était là…

Et il m'a montré le caillou qu'il serrait dans son poing droit.

— On recommence. Ici ou ici ?

Cette fois, j'ai désigné son poing droit.

— Non. C'était l'autre. Dis donc, tu n'as pas de chance aujourd'hui…

J'ai souri et je lui ai demandé en bâillant :

— Comment t'appelles-tu ? Tu habites près d'ici ?

— Je m'appelle Barnabé, a-t-il répondu en faisant tourner le caillou entre ses doigts, j'habite sous le château. Et toi, tu es la princesse Alizée…

— Non, l'ai-je corrigé, en essayant de ne pas rire, je ne suis pas la princesse… comment dis-tu ?

— Alizée…

— Je ne suis pas la princesse Alizée. Je m'appelle Hannah.

Il a levé les yeux sur moi, et un coup d'œil rapide lui a suffi pour écarter le moindre doute :

106

— Tu es la princesse Alizée, et je vais dire à tout le monde que je t'ai trouvée…

Là-dessus, il s'est levé et il est parti en trottinant sur le chemin. Son pantalon trop grand lui battait les chevilles. Quel drôle de petit bonhomme ! J'ai pris un peu de temps avant de quitter la cabane. Cet enfant ne pouvait pas habiter bien loin et j'aurais tôt fait de rencontrer les gens du pays. Je m'imaginais déjà leur posant la question : « Connaissez-vous la rivière Qjar ? — Bien sûr, me répondaient-ils, passez par ici et puis par là, et vous y serez ! » Tout me semblait si facile, ce jour-là… « Allez, princesse Alizée ! me suis-je dit après avoir mangé un peu de mes provisions, en route vers la rivière ! »

Je suis sortie presque à regret de cette forêt de hêtres si tranquille et apaisante. J'ai suivi longtemps le chemin de terre qui continuait à travers champs, puis le long d'un ruisseau. Le jour faiblissait quand j'ai aperçu le village accroché à flanc de colline. Celui de Barnabé sans doute, puisqu'il avait parlé d'un château, et qu'il y en avait un sur les hauteurs. Les derniers rayons de soleil le baignaient d'une douce lumière. Il ressemblait à une image. « Tiens, ai-je pensé, voilà mon logement pour ce soir ! » Si j'avais su…

Trois enfants ont surgi devant moi au détour d'un virage, mais en m'apercevant ils ont déguerpi aussitôt. Eux aussi avaient décidément de drôles de têtes, j'ai eu le temps de m'en apercevoir. Un peu plus loin, deux autres se sont enfuis de la même façon. D'ordinaire pourtant, quand on arrive en pays inconnu, les enfants ne sont guère timides : ils vous font escorte et vous questionnent abondamment. Qu'importe, j'attendrais de voir les adultes... Deux petites grands-mères venaient justement à ma rencontre, marchant d'un pas tranquille. Elles devaient être sœurs, car elles levaient en l'air le même petit nez en trompette.

— Bonsoir, mesdames ! leur ai-je lancé à bonne distance pour ne pas les effrayer.

Mais au lieu de me saluer, elles ont tourné les talons et détalé à toutes jambes. Voilà que j'effrayais les grands-mères, à présent ! Et je n'étais pas au bout de mes surprises...

Barnabé avait sans doute donné l'alerte au village et un incroyable comité d'accueil m'attendait. Des têtes se sont penchées aux fenêtres, mais quelles têtes, Seigneur ! Jamais de ma vie, sauf à carnaval, bien sûr, je n'avais vu pareille galerie de portraits ! Des oreilles décollées, des oreilles en chou-fleur, des nez crochus, des nez retroussés, des nez en pied de marmite, des mentons de travers, des mentons en galoche, des bouches trop grandes, des bouches trop petites, des cheveux en bataille, pas de cheveux du tout... J'aurais pu en être terrifiée, mais comme tous ces visages me souriaient gentiment, j'avais plutôt envie de rire.

Puis les gens sont sortis de leurs maisons et, en quelques instants, je me suis trouvée au milieu d'un véritable attroupement. Ensuite les premiers cris de joie ont éclaté :

— C'est elle ! Regardez, c'est elle !

— Elle est revenue !

— Princesse Alizée !

Le petit Barnabé, perché sur les épaules de son père, à qui, hélas, il ressemblait trait pour trait, ne criait pas le moins fort :

— Princesse Alizée ! C'est moi qui t'ai trouvée !

Ainsi on me prenait pour une autre. Et pas seulement Barnabé !

— Je ne suis pas la princesse Alizée, ai-je bredouillé, je m'appelle Hannah.

Mais on ne risquait pas de m'entendre dans ce tumulte. D'autant moins que je ne parvenais à approcher personne ; chacun se tenait à distance et s'écartait sur mon passage. Soudain un cri a dominé les autres :

— Le roi et la reine ! Ils arrivent ! Laissez passer !

Un carrosse tiré par deux chevaux noirs dévalait le chemin du château dans un nuage de poussière. Il s'est arrêté sur la place du village. Avant même que le cocher puisse leur ouvrir les portières, les deux passagers se sont précipités à l'extérieur. Le roi n'avait visiblement pas pris le temps de revêtir ses habits de fonction. Il portait une robe de chambre dont un pan était resté pris dans la ceinture et ses pantoufles écossaises n'avaient pas grand-chose de royal. Il a couru vers moi, les bras ouverts :

— Ma fille ! Ma fille !

Je me suis sentie soulevée comme si j'avais été un chaton. Puis il m'a enlacée de ses deux bras et serrée contre lui. Mon visage se perdait dans l'énorme barbe fleurie qui couvrait son visage et d'où n'émergeait qu'un gigantesque nez rouge.

— Ma fille ! Ma petite princesse… répétait-il, la voix brisée.

C'est stupide, mais être serrée comme cela dans des bras, avec tant d'amour, m'a retournée. Il y avait si longtemps que je ne l'avais plus été… Et si longtemps qu'on ne m'avait plus dit : *ma fille*… Je me suis blottie contre la poitrine de cet homme que je ne connaissais pas une minute plus tôt et j'ai pleuré à chaudes larmes. Puis il m'a reposée au sol pour que *ma mère* puisse m'étreindre à son tour. Mais cette fois-ci, c'est moi qui ai dû me baisser pour être à la bonne hauteur. La reine était une petite femme ronde et potelée, presque une boule. Elle non plus n'en finissait pas de pleurer :

— Alizée, ma princesse… Comme tu as grandi ! Comme tu es belle !

Que faire ? Comment me défendre de ce torrent d'affection ? Je me suis laissé embrasser, caresser. « On verra plus tard, me suis-je dit, quand le tourbillon sera apaisé… »

On m'a fait monter dans le carrosse. Je me suis assise entre *mes parents*, et les chevaux se sont frayé un passage au milieu des gens qui nous acclamaient et lançaient des vivats.

Le château ne ressemblait en rien à ces grandes demeures froides qu'on imagine. Au contraire, du bois brûlait dans les cheminées de chaque pièce. On allait et venait joyeusement dans les couloirs, les allées, les galeries. Les portes s'ouvraient de tous côtés à mon passage, laissant apparaître des têtes réjouies qui me saluaient. Je sursautais presque à chaque fois, car on aurait dit des masques surgis pour me faire peur ou pour me faire rire : pas un seul nez droit, pas une bouche harmonieuse, pas un visage gracieux. La reine Alphonsine, puisque tel était son nom, m'a conduite à ma chambre :

— Regarde, nous n'avons touché à rien… Reconnais-tu ta maison de poupées ? Tu aimais tant y jouer. Et tes herbiers sont tous ici dans l'armoire ; tu verras, il n'y manque pas une feuille.

Je ne reconnaissais rien, bien entendu, et je me contentais de sourire.

— Je ferai tendre des draps de flanelle sur ton lit. Dieu sait où tu as couché tout ce temps ! En attendant, tu vas prendre un bon bain, puis tu mettras des habits dignes de toi. D'où te viennent ces hardes ? Et cette vilaine couverture ? Donne-les-moi tout de suite, que je les fasse jeter…

— Oh non, madame, ai-je répondu, j'aimerais les garder, s'il vous plaît…

Un voile de tristesse est passé dans ses yeux :

— Ma fille qui m'appelle *madame* et qui me dit *vous*… Comme c'est dur à entendre ! Alizée, as-tu vraiment tout oublié ? Pourtant il me semble que tu es partie hier, mais il est vrai que ma vie s'est arrêtée depuis. Les choses te reviendront petit à petit, sans doute. Pardonne-moi. Je suis trop pressée.

Deux servantes, dont chacune louchait davantage que l'autre, sont entrées en portant une grande cuve de bois remplie d'eau fumante.

— Déshabillez-vous et entrez là-dedans ! a dit la première. L'eau est à point, ça vous délassera de votre voyage.

— Ne craignez pas les échardes, a ajouté la seconde, nous avons mis dans la cuve un linge épais qui vous en protégera.

Quel plaisir délicieux de se prélasser dans l'eau tiède et savonneuse, de se laisser frotter le dos, les pieds. Je n'avais plus pris un vrai bain depuis des mois. Ensuite, l'une des deux femmes m'a séchée dans une immense serviette chaude et parfumée, puis l'autre a ouvert la porte de l'armoire, où étaient suspendues plus de trente robes différentes. Elle en a jeté une sur son bras :

112

— Est-ce que celle-ci vous plairait ?

C'était une superbe robe blanche et bleue à parements de dentelle.

— C'est… pour moi ? ai-je bredouillé.

— Et pour qui voulez-vous que ce soit ? J'espère seulement qu'elle vous ira. Vous n'êtes pas si grande, pour quatorze ans.

— Je n'ai pas quatorze ans, j'en ai à peine treize…

Elle n'a pas répondu, mais son œil disait : « Oh, la pauvrette qui ne sait même plus son âge ! »

J'ai enfilé la robe dans le silence. On n'entendait que le bruit de l'étoffe qui glissait sur ma peau. Elle m'allait si bien qu'avant même de me voir j'ai su que je n'essaierais pas les autres, que je garderais celle-ci.

— Y a-t-il un miroir ? ai-je tout de même demandé.

Il s'est alors passé une chose très surprenante.

— Un mi… ? Oh non, bien sûr que non ! s'est exclamée la première servante en faisant un signe de croix.

— Oh, Alizée, s'il vous plaît, a gémi la seconde, ne prononcez pas ce mot.

J'ai bredouillé quelques excuses, sans savoir au juste de quoi je m'excusais. Car ma question était bien ordinaire pour provoquer autant de frayeur. Je n'ai pas osé les interroger davantage. Je me suis contentée de penser qu'on n'aimait sans doute guère les miroirs en ce pays. Et cela se comprenait un peu, hélas. J'étais bien loin de la vérité, mais je ne l'ai su que plus tard.

Ensuite, les deux servantes – l'une se nommait Blanche et l'autre Césarine – ont entrepris de me coiffer.

— Vous avez bruni, et ça vous va très bien, m'ont-elles complimentée.

J'ai gardé la réponse pour moi : « Je suis brune comme le charbon depuis ma naissance, mes petites dames loucheuses, je ne sais pas ce qu'est un cheveu blond… »

Pour finir, elles m'ont apporté des bas, des chaussures et une jolie veste de velours. Tout était à ma taille, exactement. Blanche, qui avait retrouvé sa gaieté, a lancé en riant :

— Allons manger, maintenant ! Nestor n'aime pas attendre et vous devez mourir de faim, ma pauvre petite !

Je ne suis pas fille de roi, Tomek, et je ne connais rien au protocole. Cependant, je suppose qu'il ressemble peu à ce que j'ai vu au dîner ce soir-là. Imagine : les couverts étaient en bois, il y avait au moins quinze personnes autour de la table, et tout le monde parlait en même temps ! Quel chahut ! Le roi se tenait bien sûr à la place d'honneur, mais les égards pour lui s'arrêtaient là.

On ne lui disait pas : « Votre Majesté désire-t-elle un peu de vin ? », mais plutôt : « Donne-moi la cruche, Nestor ! » Quant à la reine Alphonsine, elle passait plus de temps debout à servir les plats qu'assise à les manger :

— Qui veut finir ce bon potage à l'oseille ? ronchonnait-elle. Vous n'allez pas laisser ces deux cuillerées au fond de la soupière !

— Mange-les donc, ma dodue, lui répondait gentiment le roi, puisqu'elles te font envie !

Les convives ont levé leur coupe de vin en mon honneur à plus de dix reprises, et le roi Nestor, dont le nez immense virait peu à peu du rouge à l'écarlate, avait chaque fois les larmes aux yeux. Après le dessert – une savoureuse tarte aux poires nappée d'une sauce au chocolat –, il s'est levé et s'est adressé à moi, avec lenteur et gravité, devant l'assemblée :

— Alizée, ma fille, ma princesse, te voilà enfin revenue parmi nous. Ces sept longues années passées sans toi nous ont paru l'éternité. Mais tu ne nous as jamais vraiment quittés, tu sais. Ton rire n'a pas cessé de résonner dans les couloirs du château ; nous t'entendions chanter dans le parc, jouer dans ta chambre, monter et descendre les escaliers. Et chaque soir de ces sept années, nous sommes allés, ta mère et moi, au chevet du lit où tu n'étais plus, et nous t'avons souhaité bonne nuit. Aujourd'hui tu es là de nouveau, grandie, encore plus belle qu'autrefois… Tu as pu mesurer tout à l'heure, dans les rues et sur la place, combien tu es chère à nos cœurs. Tu es notre soleil, notre bonheur. Dieu fasse que tu nous restes toujours.

Sur ces mots, le roi Nestor s'est assis. Autour de la table, on reniflait et on sortait les mouchoirs. La reine Alphonsine, qui m'avait tenu la main pendant tout le discours, m'a soufflé à l'oreille :

— Demain, Blanche, qui raconte très bien, te dira tout ce que tu ne sais pas. Tu es en âge de comprendre, maintenant.

CHAPITRE XII

LES MIROIRS

Je n'ai pas attendu le lendemain, Tomek. Je n'aurais pas pu dormir sans savoir. À peine couchée, j'ai tiré sur le petit cordon à la tête de mon lit et Blanche est venue. Elle était drôle à voir en chemise et bonnet de nuit.

— Je peux faire quelque chose pour vous, princesse ?

— Oui, Blanche, la reine Alphonsine…

— Vous voulez dire votre mère…

— Oui, ma… mère m'a dit que vous sauriez me raconter ce que je ne sais pas.

Elle a hésité.

— Oui, mais il est bien tard et vous devez être fatiguée…

— Je n'ai pas sommeil.

— Très bien. Voulez-vous que je m'assoie sur cette chaise près de votre lit ?

— Comme vous voudrez, Blanche.

Je vais essayer, Tomek, de raconter aussi bien qu'elle. Ce ne sera pas facile, car elle savait y mettre les soupirs, les sourires, les silences, tout ce qui se glisse entre les mots et qui en fait le sel. Voici l'histoire, telle qu'elle me l'a dite :

Il était une fois un petit royaume où tous les gens étaient affreusement laids. Mais on prenait cela comme une chose naturelle et on s'en accommodait très bien. Ainsi, en se penchant sur le berceau d'un nouveau-né, on pouvait dire, tout ému : « Oh, mon Dieu, comme il est vilain ! » Et la mère attendrie reprenait : « N'est-ce pas ? C'est tout le portrait de son père ! » Lorsqu'un garçon voulait épouser une jeune fille, il la vantait d'abord à ses parents. « Elle est de bonne famille, expliquait-il pour les convaincre : honnête, travailleuse, gentille, soignée… » Pour finir, il ajoutait, rosissant et baissant la tête : « Et puis elle est tellement moche, vous verrez… »

Le roi Nestor régnait avec bonhomie sur ce petit peuple d'affreux. Il n'était pas le moins laid avec sa barbe envahissante et son nez formidable. La reine Alphonsine, son épouse qui lui arrivait à la ceinture, n'aimait guère les apparats et, sous sa robe royale, il n'était pas rare de voir dépasser les carreaux d'un tablier de cuisine.

Ainsi, chacun vivait paisiblement dans ce royaume, jusqu'au jour où, comble de bonheur, on annonça que la reine attendait un enfant.

— Ce sera une fille ! décréta Nestor.

Et dès lors il n'en démordit plus.

Il en suffoquait de fierté, par avance, et déclarait à qui voulait l'entendre :

— Mes amis, nous allons vous offrir une princesse ! Une princesse, vous dis-je !

Il rayonnait tellement de joie qu'on s'étonna beaucoup, au bout de quelques mois, de le voir préoccupé, bougon.

— Qu'as-tu, mon nez ? lui demanda la reine, qui l'appelait ainsi quelquefois par tendresse. Je te vois soucieux. À midi, tu as à peine touché ce pâté de lièvre que pourtant tu adores. Dis-moi ce qui te tourmente.

— C'est que… marmonna le roi, j'ai beau feuilleter tous nos livres de contes, je ne vois pas de princesse qui soit…

— Qui soit comment, mon roi ?

— Qui soit… comme nous.

— Comme nous comment, mon Nestor ?

Le roi hésita encore un peu à se confier, puis il éclata :

— Et puis zut ! Tu sais très bien ce que je veux dire ! A-t-on déjà vu une princesse avec une carotte au milieu de la figure ? Car elle sera ainsi, si elle tient de moi ! A-t-on jamais vu une princesse qu'il faut asseoir sur quatre coussins pour qu'elle puisse manger à table ? Car c'est ainsi qu'elle sera, si elle tient de toi ! Et imagine un peu, comble de malchance, qu'elle tienne des deux ! Non ! Je veux pour mon royaume une princesse digne de ce nom ! Je veux qu'elle ressemble à celles qu'on voit sur les livres d'images ! Je veux qu'elle soit belle, voilà ! Qu'on fasse venir Bramecerf !

Ainsi se nommait une sorte de brute épaisse qui vivait dans une cabane au fond de la forêt. Velu comme un singe – ce qui le dispensait d'ailleurs de se vêtir –, fort comme un buffle, il était en cheville, disait-on, avec les forces des ténèbres, mais pouvait à l'occasion rendre service si l'on avait de quoi le payer. Le roi, quelle folie !, le fit donc demander, et dès le lendemain, l'effrayant Bramecerf se présenta au château. Le roi lui expliqua ce qu'il attendait de lui. Bramecerf écouta jusqu'au bout, puis, de sa voix d'outre-tombe, il dit simplement :

— Tout est possible, Majesté. Si vous le désirez, votre fille sera belle.

— Belle… comment ? demanda le malheureux Nestor, qui souhaitait plus de détails avant de s'engager.

Bramecerf chercha autour de lui, et vit, posée sur la table, une perle d'Orient que la reine avait oubliée là. Il la pinça non sans mal entre ses doigts énormes et la fit rouler dans sa paume :

— Comme cette perle, Majesté.

Le bon roi Nestor sentit les larmes lui venir. Bramecerf regarda ensuite par la fenêtre ouverte. C'était la nuit et des étoiles scintillaient par millions dans la voûte céleste. Il tendit son bras vers leurs lumières fragiles :

— Comme ce ciel d'étoiles aussi, Majesté.

Cette fois, Nestor crut défaillir de tendresse et de bonheur.

— Bien, bien, bredouilla-t-il, et qu'exigez-vous en contrepartie ?

Bramecerf prit tout son temps pour répondre :

— Tout est possible, Majesté, mais tout a un prix, vous le savez. Le voici : votre fille sera d'une grande beauté, et chacun pourra s'en émerveiller, sauf elle-même, à qui il sera interdit de contempler sa propre image avant le jour de son quinzième anniversaire. S'il advient qu'elle le fasse, par accident ou par malice, alors elle vous sera enlevée pour sept ans.

— Sept ans, balbutia le roi, effrayé, mais que fera-t-elle pendant tout ce temps ? Est-ce vous qui la garderez ?

— Non, répondit Bramecerf, je n'ai que faire des enfants, je ne les aime pas. Elle ira par le monde…

— Elle ira par le monde ?

— Oui, grommela le monstre, puis elle vous sera rendue. Mais il sera inutile de l'interroger : elle ne se souviendra de rien. Et le sort n'en sera pas rompu pour autant. Car si par malheur elle se voit de nouveau avant ses quinze ans accomplis, alors je viendrai la chercher, et cette fois elle m'appartiendra pour toujours.

Le roi Nestor, épouvanté, le fit reconduire en lui promettant une réponse prochaine, mais il avait déjà choisi : jamais, au grand jamais il ne pourrait supporter l'idée de se séparer de sa fille ! Tant pis ! Elle serait laide, et voilà tout !

Seulement, les mois passant, la tentation revint. À force de contempler la perle d'Orient, les étoiles dans le ciel et surtout le ventre rond de son Alphonsine, il se prit à rêver de nouveau à une princesse belle comme dans les livres. « Après tout, se disait-il, quinze ans sont vite passés ; il suffira de prendre les dispositions pour qu'elle ne se voie pas. Ça ne doit pas être si compliqué, que diable ! » Il en avisa la reine, qui se laissa convaincre.

— Nous n'aurons qu'à faire disparaître tous les miroirs, soupira-t-elle. Pour ce qu'on voit dedans !

Une semaine plus tard, le roi fit savoir à Bramecerf que le marché était conclu.

Comme la naissance approchait, il donna l'ordre qu'on détruise tous les miroirs du royaume, toutes les glaces, toutes les psychés. On teinta les vitres des fenêtres. On changea les cuillères d'argent pour des cuillères de bois, les verres de cristal pour des gobelets d'argile. On fit combler les

122

mares, les étangs, on assécha un lac ! Tout ce qui reflétait et réfléchissait, un peu ou beaucoup, fut banni du royaume, jusqu'à ces petites pierres brillantes appelées quartz qu'on enterra à dix pieds sous terre.

Le bébé arriva au printemps.

— C'est une fille ! s'écria la sage-femme. Comment l'appellerez-vous ?

Un vent doux et tiède soufflait ce jour-là.

— Nous l'appellerons Alizée, proposa donc Alphonsine, n'est-ce pas, mon roi ?

— Oui, ma rondelette... gargouilla Nestor, que l'émotion empêchait de parler.

En se penchant sur le nouveau-né, les villageois n'en crurent pas leurs yeux. Jamais, dans un berceau d'ici, ils n'avaient vu autant de grâce. Ces petits membres déliés, ce visage harmonieux tenaient du miracle. « Nous sommes peut-être moches, pensèrent-ils, mais notre princesse vaut bien les princesses d'ailleurs ! » Dès le premier jour, elle entra tout droit dans leur cœur et elle n'en sortit plus.

L'absence de miroirs présentait moins de désagréments qu'on aurait pu le craindre. Chacun y consentit de bon gré. Les femmes rasèrent leurs maris, les filles se coiffèrent entre elles, on s'arrangea tant bien que mal. Les célibataires en souffrirent un peu plus que les autres, peut-être, et il devint courant de les voir se promener avec une virgule de confiture sur la joue. Qu'importe ! On n'était pas très regardant là-dessus en ce pays.

Une année entière passa.

— Plus que quatorze ! se réjouit le bon roi Nestor, et nous serons hors de danger.

Mais un incident le ramena bientôt à la plus grande prudence. C'était dans le parc, un après-midi d'automne, et il faisait sauter sur ses genoux la princesse qui riait aux éclats :

— *À dada sur mon bidet…* chantait-il joyeusement, lorsque la petite se figea et le regarda fixement dans les yeux. Qu'as-tu, ma perle ? demanda-t-il. Ah, je comprends, tu te vois dans mes… !

Il n'acheva pas sa phrase et repoussa l'enfant de toutes ses forces. Elle tomba sur l'herbe en pleurant. Le roi, fou d'inquiétude, chercha autour de lui, certain que Bramecerf allait surgir à l'instant, prendre Alizée sous son bras velu et l'emporter pour sept ans. Mais rien n'arriva. « Elle n'a pas eu le temps de se voir assez bien », pensa le roi. Cependant, il ne parvenait pas à calmer les battements affolés de son cœur. À partir de ce jour, il fut interdit à quiconque d'approcher la princesse. Seuls pouvaient le faire ses parents et quelques servantes, à la condition de fermer les yeux.

Il fut aussi établi qu'elle ne devrait en aucun cas sortir par temps de pluie, à cause des reflets dans les flaques d'eau. Grâce à ces nouvelles mesures, les années suivantes s'écoulèrent sans dommage.

124

— Plus que douze ans, comptait le roi Nestor, plus que onze, plus que dix…

Et il reprenait peu à peu confiance.

La reine Alphonsine, elle, savait que le plus dur était à venir. Elle redoutait ces quelques années où les fillettes, entre cinq et huit ans, passent la moitié de leurs journées à se regarder dans les miroirs.

— Quels miroirs, ma toute ronde ? la grondait son mari. Il n'y en a plus…

Mais elle n'avait pas tort de s'inquiéter, et Alizée allait tout juste fêter son huitième anniversaire lorsque le Drame survint.

La petite adorait entre toutes une servante nommée Étiennette. Et la brave femme le lui rendait bien. Qui bondissait sur ses pieds, la nuit, pour rassurer la princesse après un cauchemar ? Étiennette. Qui pensait toujours à lui cuire ces petites tartes si drôles à voir à côté des grandes ? Étiennette. Et qui savait garder un secret sans le répéter aux adultes dès qu'on avait le dos tourné ? Étiennette.

— Si je ne t'avais pas, disait la princesse à sa mère, c'est Étiennette que je voudrais pour maman…

Un après-midi, toutes deux s'en allèrent en promenade dans la forêt voisine. Elles se rendirent à leur clairière habituelle, là où elles avaient tant de fois joué à cache-cache, à la dînette, à « loup, y es-tu ? ». Comment la servante se débrouilla-t-elle pour perdre la fillette de vue, elle qui la surveillait si bien d'ordinaire ? Nul ne le sait. Toujours est-il que soudain elle ne la vit plus.

— Alizée ! Où es-tu passée ? cria-t-elle.

— Je suis là ! répondit la voix lointaine.

Étiennette courut aussi vite que le lui permettait sa forte corpulence.

— Alizée ! réponds-moi !

— Je suis là ! reprit la voix, plus proche maintenant. Viens voir : il y a une petite fille qui me regarde au fond du puits.

À ces mots, Étiennette crut s'évanouir de terreur. Le vieux puits ! On l'avait oublié ! Elle se précipita… Trop tard ! Alizée, penchée sur la margelle, se contemplait à loisir dans l'eau immobile et glacée. Bramecerf apparut aussitôt, enjambant les taillis. La malheureuse Étiennette tenta bien de se battre contre lui, mais elle ne réussit qu'à y perdre un œil… Elle rentra au château, plus morte que vive, pour annoncer la terrible nouvelle. On lança plus de cent chasseurs à la poursuite du monstre. Peine perdue, il fallut se résigner. Le roi et la reine faillirent en mourir de chagrin. Le roi, surtout, qui ne savait que répéter en se frappant la tête avec les poings :

— C'est ma faute… C'est ma faute…

La vie continua cependant. Les gens, qui partageaient tous le grand malheur de leurs souverains, redoublèrent d'attention entre eux pour mieux le supporter, et cette gentillesse commune était comme une part de la petite princesse qui serait restée.

— Plus que six ans… se remirent à compter Nestor et Alphonsine. Plus que cinq…

Mais les jours désormais leur semblaient des mois, les mois des années et les années des siècles. On leur conseilla d'avoir un autre enfant, que le temps passerait plus vite ainsi. Ils ne voulurent pas en entendre parler. Ils attendirent.

Ils attendirent des milliers de soirs et des milliers de matins, ils virent passer sept fois les quatre saisons, et enfin, par un bel après-midi d'automne, un jeune garçon nommé Barnabé arriva de la forêt en trottinant :

— Maman, maman, j'ai vu la princesse, elle est dans ma cabane…

— Vous dormez, Alizée ?

Oh non, je ne dormais pas ! J'ai pris la main de Blanche dans la mienne :

— Comment s'achève cette histoire, s'il vous plaît ?

Elle s'est tue.

— Cette servante qui s'appelle Étiennette est-elle encore ici ?

— Oui. Vous la verrez demain. Elle est plutôt ronde et petite, elle a le visage très plat, et un œil à demi fermé. Je vous laisse maintenant, car il est très tard et vous devez dormir. Avez-vous besoin d'autre chose ?

— Je n'ai besoin de rien, lui ai-je répondu. Merci pour l'histoire. Vous racontez très bien…

Puis, au lieu de lâcher sa main, je l'ai serrée plus fort et j'ai murmuré :

— Blanche… je ne suis pas la princesse Alizée… je m'appelle Hannah… je viens de l'autre côté de l'océan… je ne suis pas la fille du roi et de la reine… je ne suis jamais venue dans ce château… je ne connais rien ni personne ici…

Elle a souri et m'a embrassée :

— Ne vous en faites pas, tout ira bien. Il vous faudra juste un peu de temps.

Et elle est sortie.

Je suis allée à l'armoire. Sur une étagère, au-dessus des robes, cinq ou six grands cahiers étaient empilés. J'en ai pris un au hasard et je l'ai ouvert. Une herbe était épinglée sur la première page, et une main enfantine avait écrit dessous : *erbe ordinère*. Sur les autres pages, la petite fille avait collé des feuilles de *chène*, de *ètre* et de *boulo*, un *népi de blé* aussi. Je suis revenue à l'*erbe ordinère*, et j'ai senti ma gorge se serrer.

« Pardonne-moi, Alizée, de fouiller tes affaires et de prendre ta place, mais ce n'est pas ma faute… ils ne veulent pas me croire… ils ne voudront jamais me croire… »

CHAPITRE XIII

ÉTIENNETTE

Chaque matin, Césarine ouvrait grand la fenêtre de ma chambre et jetait une brassée de robes sur le lit. Je me réveillais dans ce bruissement de velours et de soie.

— Laquelle mettrez-vous aujourd'hui ? Celle-ci ? Celle-là ?

Elles étaient si belles que souvent je n'arrivais pas à choisir et je disais :

— Je préfère remettre la blanche et bleue du premier jour. Je l'aime bien.

Césarine me coiffait, me parfumait… Je ne suis pas coquette, mais j'attendais qu'elle parte pour aller chercher le petit miroir au fond de mon sac. La première fois, je ne me suis pas reconnue et j'ai éclaté de rire : elle m'avait torsadé de chaque côté de la tête deux boucles bien arrondies, et je ressemblais à une marmite avec ses poignées.

À la cuisine, la reine Alphonsine ne ména-
geait pas sa peine : elle épluchait, plumait, hachait,
courait d'un fourneau à l'autre. Elle voulait que
chaque repas soit une fête, et chaque repas l'était.
Un jour, on apportait dans un immense plat ovale
un paon paré de toutes ses plumes ; le lendemain,
on tapissait la table de mousse pour y servir la fri-
cassée de champignons. Les hommes buvait du
vin, et moi de l'eau, parfumée aux pétales de
menthe ou de verveine.

Au bout d'une semaine, je suis parvenue à
tutoyer la reine et à lui dire maman. Avec le roi
Nestor, j'ai eu plus de mal. Pourtant il prenait
soin de moi comme le meilleur des pères. Il m'a
appris à monter à cheval, à galoper. Nous partions
des matinées entières sur les chemins – ah, Grégoire, si tu m'avais vue ! – et il lançait à tous ceux
que nous rencontrions :

— C'est ma fille ! Votre princesse ! Vous la
reconnaissez ?

— Si on la reconnaît ! répondaient les gens.

Ils se découvraient et m'adressaient des sourires radieux.

Quelquefois, dans les couloirs du château, il
m'arrivait de croiser Étiennette, mais je ne parvenais pas à trouver son regard. Elle allait toujours
tristement, tête basse, vêtue de sombre, et elle
semblait m'éviter. Je voyais son œil que la blessure avait fermé et j'avais envie de la remercier de
s'être battue pour moi, d'avoir eu ce courage. Mais

130

l'instant d'après, je me disais : « Hannah, tu deviens folle ; tu ne connais pas cette femme ; elle n'a rien fait pour toi ; de quoi veux-tu la remercier ? »

Les choses ont commencé à se brouiller dans ma tête. Il est difficile d'être appelée Alizée plus de vingt fois par jour sans le devenir un peu. Je vivais dans le mensonge, bien sûr, mais c'était un mensonge très doux auquel tout le monde croyait éperdument. Un mensonge qui comblait chacun de bonheur. Que faire ? Parfois, j'en voulais à Blanche d'avoir si bien raconté. Je repensais à Étiennette me consolant des cauchemars, à ses petites tartes, à « loup, y es-tu ? » dans la clairière, à mon image dans l'eau glacée du puits, et il me semblait… oui, je sais que c'est effrayant… mais il me semblait me souvenir ! J'en avais le vertige, et pour lui échapper, je me grondais : « Hannah, tu n'es pas Alizée ! Comment pourrais-tu te regarder dans le miroir, sinon ? Rappelle-toi le marché aux oiseaux ! Rappelle-toi Hoda, ta petite sœur ! Tu ne l'as pas rêvé, cela, quand même ! »

L'automne a passé et les premières neiges sont venues.

— Plus que quelques mois, soupirait le roi Nestor, et nous fêterons ton quinzième anniversaire ! Sois prudente, mon adorée, je t'en supplie… Dehors, il y a de la glace sur le sol et tu pourrais t'y voir. Les soldats n'arrivent pas à la briser assez vite. Je voudrais que tu ne sortes plus du tout…

— Ne crains rien, mon père, lui disais-je, je ne suis plus une petite fille. Je ferai attention. Je ne sortirai pas.

Afin que je m'ennuie moins, il invitait au château des artistes venus de tout le royaume : des musiciens, des acrobates, des illusionnistes, des comédiens avec leurs masques – je me demande bien pourquoi ils en mettaient, d'ailleurs ! Ils jouaient le soir dans la grande salle où l'on faisait brûler un immense feu de bois.

— Nous dédions cette représentation à la princesse Alizée ! annonçaient-ils souvent avant de commencer.

Je les remerciais en inclinant la tête, comme le veut l'usage.

J'ai laissé passer les jours et les semaines en essayant de ne plus réfléchir. « Attendons le printemps, me disais-je. À quoi bon reprendre ma route dans la neige et le froid ? Et puis qui sait ? Peut-être que, d'ici là, une jeune fille qui me ressemble s'avancera à son tour sur la grand-place du village et fera éclater la vérité. » Alizée... Où pouvait-elle bien être ? Je pensais souvent à elle. Qui d'autre que moi aurait pu le faire ?

Mais le printemps est arrivé, le roi Nestor a ordonné qu'on commence les préparatifs pour mon anniversaire, et Alizée n'était toujours pas revenue... Chaque jour nouveau rendait son retour plus improbable, et l'inquiétude me gagnait : que se passerait-il si elle ne revenait jamais ? Est-ce que je devrais m'enfuir, la nuit, comme une voleuse, sans seulement dire merci ? Est-ce que je devrais abandonner à leur détresse mon père, ma mère et tous ces gens qui m'aimaient ? Est-ce que je pourrais imaginer de rester ici toujours ? Je n'en finissais plus de me poser ces questions sans réponses.

Et puis est venue cette fameuse nuit, la veille de mon anniversaire. Je ne trouvais pas le sommeil et je me suis levée pour aller boire. Dans la cuisine silencieuse, Étiennette se tenait assise devant le four.

— Vous n'êtes pas couchée, Étiennette ?

— Non, voyez : j'ai mis des petites tartes au four pour demain. Je les placerai à côté des grandes... Ça vous faisait rire quand vous étiez enfant...

J'ai tiré une chaise et me suis assise auprès d'elle.

— Je voulais vous remercier de m'avoir défendue contre Bramecerf... Vous avez été très courageuse.

Elle a simplement hoché la tête.

— Pourquoi êtes-vous si malheureuse, Étiennette ? Ce qui est arrivé n'est pas votre faute. Personne ne vous en a voulu. Et je suis revenue... N'est-ce pas ?

Il y a eu un long silence, puis elle a commencé à pleurer doucement.

— Qu'avez-vous, Étiennette ? Pourquoi pleurez-vous ?

133

Elle se taisait toujours. J'ai soulevé son visage aplati vers moi. Les deux pommettes toutes rondes semblaient posées sur les joues comme deux prunes. Son regard était d'une incroyable douceur.

— Étiennette, dites-moi…

— Je pleure parce que vous n'êtes pas Alizée, a-t-elle gémi. J'aimerais tant que vous le soyez, mais vous ne l'êtes pas… Alizée a une blessure à la main, une brûlure profonde, et vous n'en avez pas…

— Une brûlure ? Mais comment se fait-il… je veux dire, pourquoi mes parents n'ont-ils rien remarqué ?

— Je suis la seule à le savoir, Hannah. Vous vous appelez Hannah, je crois ?

J'en ai eu le frisson. Je n'avais plus entendu mon nom depuis des mois.

— Racontez-moi, s'il vous plaît… Il faut que je sache…

Elle a entrouvert la porte du four pour voir où en étaient les petites tartes, puis elle a commencé à parler, sans pouvoir retenir ses larmes :

— Je sais que Blanche vous a raconté l'histoire, mais elle ne sait pas tout. Dans la clairière, Alizée et moi avions allumé un feu. Nous le faisions souvent, pour nous réchauffer, pour le plaisir de voir les flammes, ou pour cuisiner « en semblant », comme elle disait. Quand Bramecerf est apparu près du puits, j'ai cru devenir folle de terreur. On aurait dit le diable. J'ai pris Alizée par le

134

bras et nous avons couru, couru… Bramecerf nous a rejointes près du feu. C'est là que nous nous sommes battus. J'en rêve toutes les nuits. La petite s'accrochait à moi de toutes ses forces, avec ses bras, ses jambes, ses ongles. Moi, je la tenais serrée et je recevais les coups de Bramecerf. Puis il a essayé de me l'arracher. Mais il n'y avait rien à faire. Elle était comme collée. Il lui aurait fallu nous emporter toutes deux ! Alors il en a eu assez, et il a pris une braise dans le feu. À pleine main ! Je le reverrai toujours. Ça sentait la corne roussie. Il a mis la braise ardente sur le dos de la main d'Alizée. Elle a hurlé et lâché prise. Mais il a continué à presser la braise sur la main et il m'a crié en ricanant : « Comme ça, tu la reconnaîtras mieux dans sept ans ! » Puis il l'a emportée sous son bras. Ils ont disparu dans les taillis. Du sang coulait de mon œil, mais je ne sentais rien. J'aurais voulu mourir. Je me suis quand même relevée et j'ai couru jusqu'au château pour donner l'alerte. Ils ont lancé des chasseurs à ses trousses, mais ça n'a servi à rien.

« Alors a commencé ma longue nuit. Depuis ce jour, je ne sais plus rire, ni chanter, ni dormir. Je ne pense qu'à elle… Quand on a annoncé votre arrivée, à l'automne, je tremblais tant que mes jambes ne me portaient plus. Je suis allée à la chambre où on vous a baignée. Depuis la porte entrouverte, j'ai vu votre main et j'ai su aussitôt que vous n'étiez pas Alizée. Et pourtant vous lui

135

ressemblez ! Dieu que vous lui ressemblez ! Je comprends qu'on s'y trompe. J'étais la seule, avec vous bien sûr, à savoir qui vous étiez, ou plutôt qui vous n'étiez pas. Mais je n'ai jamais eu la force de le dire. Le roi et la reine étaient si follement heureux. Je ne voulais pas les désespérer une seconde fois. Vous me comprenez, n'est-ce pas ?

Oh, comme je la comprenais ! Nous étions toutes deux dans la même solitude, toutes deux prisonnières du même terrible secret. J'ai posé mon front contre le sien et mêlé mes larmes aux siennes. Nous sommes restées longtemps ainsi, tête contre tête, puis elle s'est redressée lentement.

— Pardonnez-moi, je ne voudrais pas laisser brûler les petites tartes.

Elle les a sorties du four, toutes dorées. Ensuite, elle a ôté son tablier. Comme elle était petite ! Elle dépassait à peine la table de la cuisine.

— Voilà. Allons nous coucher, maintenant. La journée sera longue demain et nous aurons besoin de toutes nos forces.

— Vous avez raison. Bonne nuit, Étiennette.

— Bonne nuit, Hannah.

Mais nous n'arrivions pas à nous séparer. Je suis allée à la fenêtre : la nuit était claire et tranquille.

— Étiennette…

— Oui ?

— Je voudrais voir la clairière, le puits, l'endroit où vous avez fait le feu…

Elle a tressailli :

— Maintenant ?

— Oui, maintenant. Après tout, Alizée devait vous être enlevée sept ans, et les sept années s'achèvent aujourd'hui… Si elle doit réapparaître, ce sera sans doute dans cette clairière, là où elle a disparu. Et qui vous dit qu'après tout ce temps elle se rappellera le chemin qu'il faut prendre pour rentrer au château ? Vous me trouvez idiote ?

Étiennette m'a souri, pour la première fois :

— Oui, je te trouve idiote, mais je veux bien y aller.

J'ai couru jusqu'à ma chambre pour enfiler ma robe blanche et bleue. J'ai jeté sur mes épaules un manteau de laine, puis, sans savoir au juste pourquoi, j'ai emporté aussi mon sac et ma couverture. Étiennette m'attendait à la porte, tout encapuchonnée de noir.

— Ne fais pas de bruit. Les gardes ont le sommeil léger…

Nous nous sommes glissées sans encombre hors du château et nous avons marché à pas vifs en direction de la forêt. Notre escapade était pure folie, et nous le savions toutes les deux, mais en voyant les nuages aux formes étranges qui voyageaient dans le ciel, les oiseaux de nuit immobiles qui nous regardaient passer, en entendant les feuilles des arbres cliqueter dans la brise, nous avons su qu'il y avait dans cette nuit-là quelque

137

chose de magique. Nos deux cœurs se sont emballés.

— Hannah, a murmuré Étiennette en pressant ma main, la forêt n'est plus très loin. Tu n'as pas peur ?

Je n'avais pas peur. Nous sommes entrées au milieu des arbres ; la pleine lune les éclairait d'une lumière blanche irréelle.

Nous l'avons vue ensemble, je crois. Une silhouette menue qui s'avançait au bout du chemin, dont les cheveux flottaient au vent. Étiennette s'est immobilisée. J'ai fait de même et nous avons attendu, le souffle coupé. La suite n'est plus qu'un rêve. Car la jeune fille qui venait droit vers nous dans une robe sale, cette jeune fille, Tomek… c'était moi ! Comment le dire autrement ? Elle ne me ressemblait pas : c'était moi. Un peu moins brune peut-être, et un peu plus grande aussi. Étiennette a lâché ma main et s'est élancée à sa rencontre :

— Alizée, ma pauvre petite !

— Étiennette ! a crié la jeune fille.

Elle a couru aussi et s'est agenouillée pour recevoir la servante dans ses bras ouverts.

Dès lors, je n'existais plus pour ces deux-là.

— Où étais-tu pendant tout ce temps ? pleurait Étiennette.

— Je ne sais pas, répondait Alizée. C'est comme si je m'étais évanouie. Je me suis réveillée tout à l'heure près de notre feu. Il est éteint, tu sais ?

— Ne t'en fais pas, nous le rallumerons…

— Oh non, je n'aime plus le feu !

Sur le dos de sa main gauche, la peau était fine, toute fripée, presque transparente.

— Papa et maman doivent s'inquiéter, nous sommes parties longtemps…

— Oui, trop longtemps. Il faut rentrer…

Puis Alizée s'est tournée vers moi, et ses yeux ont demandé : « Qui est-ce ? »

— C'est Hannah, a commencé Étiennette, elle…

Je ne lui ai pas laissé le temps d'en dire davantage :

— Pardonne-moi, Alizée, j'ai pris ta place sans le vouloir, mais je m'en vais maintenant. Étiennette t'expliquera tout.

J'ai ôté mon manteau de laine, ma robe blanche et bleue, et je la lui ai tendue :

— Mets-la. Elle t'appartient.

Je lui ai rendu aussi un joli bracelet d'argent que je portais ce soir-là. Mais quand j'ai voulu faire glisser de mon doigt une petite bague à couvercle que j'aimais beaucoup, Étiennette m'en a empêchée :

— Garde-la en souvenir. Sinon, plus tard, tu croiras certainement que tu as rêvé.

Dans sa robe blanche et bleue, Alizée était déjà la princesse que je n'aurais jamais pu devenir : la radieuse, la plus belle et, surtout… la vraie ! Moi, je sentais sur ma peau le tissu ordinaire de ma vieille robe d'autrefois, je respirais son odeur familière et je n'étais pas jalouse. Au contraire, il me semblait que je venais de remettre mes vêtements de liberté, que j'étais rendue à moi-même.

Pour embrasser Étiennette, je me suis accroupie :

— Adieu, Étiennette. Nous sommes devenues amies trop tard…

— Pour devenir amies, il n'est jamais trop tard, a-t-elle souri. Où vas-tu aller maintenant ?

— Je cherche la rivière Qjar. La connais-tu ?

— Oui, mais je ne l'ai jamais vue. Personne n'y est jamais allé, je crois. On dit que, pour la trouver, il faut marcher longtemps vers l'ouest, en gardant l'océan à main droite. Elle y prend sa source, paraît-il. Adieu, Hannah. Nous devons rentrer au château avant le jour. Fais bonne route et prends soin de toi…

J'ai embrassé Alizée, sa peau était plus douce que la mienne, ses yeux plus clairs aussi. Je les ai regardées s'éloigner, la longue silhouette et la courte, main dans la main. Au moment où elles ont disparu au bout du chemin, j'ai eu la sensation que je venais de lire la dernière page d'un conte. Un grand silence s'est fait. Puis un oiseau a chanté pour saluer la première lueur de l'aube. Un autre lui a répondu. Alors j'ai tourné le dos à Étiennette, à la princesse Alizée, à mes bons parents Nestor et Alphonsine, à tous ceux du doux royaume des affreux, et je me suis remise en route.

CHAPITRE XIV

L'EAU DE LA RIVIÈRE QJAR

La cabane de Barnabé était toujours debout. J'ai souri en passant devant. Il me semblait entendre encore sa voix : « Ici ou ici ? Qu'est-ce que tu dis ? » Un peu plus loin, j'ai retrouvé la fourche où j'avais hésité à l'automne, presque six mois plus tôt !

Les jours qui suivent se confondent dans ma mémoire. Je me revois marcher dans des paysages de collines et de vallées, traverser des bois, suivre des ruisseaux. Je me revois éviter les villages afin de ne pas être prise à nouveau pour la princesse Alizée. J'ai dormi dans des granges, j'ai dormi à la belle étoile, parfois je n'ai pas dormi du tout. Je me rappelle avoir eu soif, et faim aussi. Pour la première fois depuis le début de mon voyage, mon estomac criait famine et je repensais sans cesse aux petites tartes d'Étiennette dans le four, appétissantes et dorées. J'aurais donné, pour mordre dedans, toute la fortune que je n'avais pas...

Puis je n'ai plus eu à me cacher, car il n'y avait plus personne pour me voir. La végétation est devenue rare. Le vent s'est mis à souffler sans répit. Il m'a presque rendue folle. J'ai cheminé longtemps sur un vaste plateau de rocaille. La nuit, je me blottissais contre les rochers, et je volais quelques heures de sommeil. Très loin sur ma droite, je devinais la rumeur de l'océan. Je sais aujourd'hui, Tomek, qu'au même moment tu marchais là-bas sur la falaise. Nous étions si proches sans le savoir! Comme toi j'ai confondu les jours; comme toi j'ai presque désespéré; et comme toi j'ai fini par atteindre, épuisée et affamée, cette forêt prodigieuse où poussent les écureuils-fruits. Je m'y suis rassasiée d'abricots géants et surtout de cette délicieuse purée dans sa coquille de noix. Mais le plus étonnant, tu t'en doutes, a été ma rencontre avec Podcol !

J'avais dormi cette nuit-là sous un arbre à écureuils, pelotonnée dans ma couverture. Dès mon réveil, j'ai su que quelque chose n'allait pas. Ou plutôt que quelque chose allait trop bien ! Car au lieu de la fraîcheur du petit matin, j'éprouvais dans mon dos une douce chaleur. Comme si quelqu'un avait déposé sur moi un lourd manteau de fourrure. Seulement les manteaux de fourrure ne ronflent pas, d'ordinaire, et surtout leur propriétaire ne se trouve plus dedans ! Or l'occupant de ce manteau-là respirait paisiblement dans mon cou.

Je sentais son haleine tiède, j'entendais ses petits grognements de bien-être. « Comme c'est bon de faire la grasse matinée ! semblait-il soupirer. Comme c'est bon de dormir ! » Ce gros paresseux dépourvu de griffes et de dents ignorait la méchanceté. J'ai commis l'erreur de lui gratter le ventre une fois et il en a conclu que je l'avais choisi pour la vie, que nous étions désormais inséparables. Il ne m'a plus quittée.

C'est en sa compagnie que, le lendemain, j'ai enfin atteint la rivière.

Depuis le matin, je la sentais proche. Je marchais vite, accordant mon cœur et mon pas à la même cadence. Podcol se dandinait près de moi, un haricot à goût de réglisse au bec, et il me jetait des coups d'œil inquiets : « Je ne sais pas où tu vas si vite, mais puisque tu y vas, j'y vais… » Vers midi, nous avons escaladé une colline, et là, je suis soudain restée sans voix. Elle était là, à mes pieds, large et sereine. Silencieuse. *La rivière Qjar, qui coule à l'envers*… Ces mots prononcés par le conteur m'étaient destinés, je l'avais toujours su. Et j'avais cru en cette rivière prodigieuse dès la première seconde, sinon où aurais-je trouvé la force d'avancer sans cesse, de franchir la montagne, le désert, la forêt, l'océan ? Mais maintenant que je l'avais atteinte, que je la voyais de mes yeux, que je pouvais la toucher de mes doigts, boire son eau, je me sentais stupéfaite et incrédule.

Et je n'avais personne avec qui partager cet instant miraculeux. Personne, sauf Podcol, mais il s'en fichait comme de son premier haricot !

J'ai construit un radeau assez solide pour nous deux et nous nous sommes embarqués. Nous avons navigué un jour ou deux, je ne sais plus, sur les eaux tranquilles de la rivière. Podcol craignait tellement de boire la tasse qu'il ne bougeait presque pas. Je lui caressais la tête pour l'encourager :

— Allons, Podcol, tu ne risques rien. Ou bien est-ce que par hasard tu ne saurais pas nager ?

Il me regardait tristement et ses yeux semblaient dire : « Comment veux-tu que je le sache ? Je ne me suis jamais baigné ! Tu me fais faire de ces choses, toi ! »

Et puis est venu cet après-midi ensoleillé, ensommeillé, où j'ai aperçu sur un rocher la silhouette mince d'un jeune garçon… J'ai une bonne vue et je t'ai reconnu de très loin. J'ai bondi sur mes deux jambes et je ne sais plus ce que je t'ai crié. J'ignorais encore ton nom. Te revoir m'a donné un bonheur immense. Ça voulait dire que tu m'avais cherchée jusqu'ici, jusqu'en cet endroit oublié du monde, que tu avais bravé tous les dangers pour y parvenir. Ça voulait dire que je ne serais plus jamais seule.

La suite, tu la connais aussi bien que moi, Tomek, puisque nous avons gravi ensemble la Montagne Sacrée, que nous avons recueilli ensemble cette petite goutte d'eau pour ma passe-rine, et qu'ensemble nous sommes revenus dans ton village.

Rappelle-toi : je t'ai confié la goutte d'eau afin que tu sois bien sûr que je reviendrais, et je suis repartie seule au bout de quelques jours. Il le fallait. J'avais promis de *revenir bientôt*. À Hoda, à mes parents adoptifs. Pour le *bientôt*, c'était fichu depuis longtemps ! Il me restait le *revenir*… Alors je t'ai laissé, pour la troisième fois, moi qui m'étais juré de ne plus le faire. Te revoir m'avait comblée de joie. Te quitter m'a été une vraie dou-leur. Je peux bien te le dire, maintenant : la plus cruelle de tout mon voyage. Seule sur la route, sans toi, j'ai senti soudain mes forces m'aban-donner. Comment ferais-je pour traverser encore le désert ? Comment passer la Route du Ciel sans tomber dans les précipices ? Et si j'y arrivais, retrouverais-je seulement ma passerine ? Après tout, elle était peut-être morte le lendemain de mon départ ? Et si je la retrouvais vivante, il me faudrait repartir, laisser Hoda et mes parents, les abandonner de nouveau… Puis revenir encore de là-bas, où je n'avais même plus le courage d'aller ! J'avais beau imaginer toutes les solutions, chacune me semblait pire que l'autre.

J'ai failli faire demi-tour, Tomek, vers toi, vers le sud. Pour me reposer enfin, pour ne plus penser. Je me suis assise sur une grosse pierre au bord du chemin. J'y suis restée plus d'une heure, désemparée, découragée pour la première fois, ne sachant plus que faire de moi-même.

Lorsque je me suis levée, j'ignorais encore dans quel sens j'allais repartir. Ce sont mes jambes qui ont décidé pour moi. Elles ont choisi de continuer vers le nord. Je les ai suivies.

CHAPITRE XV

UN DÎNER AUX CHANDELLES

J'ai eu raison de les suivre, mes jambes. Et j'avais eu tort de perdre confiance. Car la vie a plus d'imagination et de fantaisie que nous. Quand on désespère de tout, elle invente quelque chose. Et ce qu'elle a inventé pour moi, Tomek, tandis que tu attendais mon retour dans ton épicerie, je n'aurais jamais pu l'imaginer…

D'abord, je suis arrivée sans encombre et très vite dans cette grande ville où finit le désert. Où il commence aussi ! Il y régnait toujours la même activité fiévreuse. Je marchais au hasard des rues dans l'espoir d'une rencontre, car je ne voulais pas entreprendre la traversée toute seule. Ce que j'avais osé un an plus tôt, par innocence, me faisait peur désormais. En fait de rencontre, ce sont de vieilles connaissances que j'ai distinguées soudain dans la foule ! Comment ne pas voir leurs cinq tuniques blanches éclatantes de lumière ? Mes Silencieux ! J'ai bousculé tout le monde :

— Eh ! Eh ! Attendez-moi !

Ils se sont retournés, m'ont offert leur cinq sourires, en même temps, et ils se sont écriés :

— Hannah !

Ils n'avaient pas oublié mon prénom, et pourtant ils ne l'avaient entendu qu'une fois, et au dernier moment !

— Je suis contente de vous revoir ! Vous avez vendu votre sel ? Où allez-vous ? Vous traversez le désert ? Je peux vous accompagner ?

Les cinq paires de mains se sont ouvertes, paumes vers le ciel : « Hannah ! Tu n'as pas changé, tu es toujours aussi bavarde ! Et nous le sommes toujours aussi peu. Mais tu peux venir avec nous… »

Nous avons pris la route dès le lendemain. Quel bonheur de retrouver le silence du désert et celui de mes compagnons, la douceur blonde des dunes, leur patience infinie. Marcher au côté des chameaux, se taire, s'endormir la nuit sous le ciel constellé : en quelques jours j'ai regagné toute la confiance perdue.

À défaut de parler, je me suis remise à écrire dans mon cahier, le soir, à la lueur du feu. J'y notais, pour ne pas les oublier, les noms des lieux où j'étais passée tout au long de mon voyage, les noms surtout de ceux et celles que j'avais connus, aimés : Lalik, Chaan, Aïda, Mme Perligom, Blanche, Vérida-lucidémone, Étiennette, Barnabé, Colino-tramonostir, Nestor et Alphonsine, Grégoire, Iorim, et tous les autres…

Iorim… L'idée de retrouver ses os blanchis sur le vieux fauteuil, au milieu des bouteilles vides, me donnait le frisson. Je m'imaginais déjà lui creusant une petite tombe dans le sable pour y enterrer sa dépouille. J'évitais de penser à ce qui m'attendait ensuite : la Route du Ciel, le vertige, les aigles…

Les chameaux n'étaient pas chargés de sel, cette fois, et en moins d'une semaine nous avons réussi la traversée. La main d'un de mes Silencieux s'est tendue vers le nord :

— Ban Baïtan, a-t-il indiqué.

Nos routes se séparaient. Nous nous sommes dit au revoir sans façons. Ils m'ont donné autant de provisions que je pouvais en porter dans mon sac. Et je me suis hâtée vers cette ville fantôme où personne ne m'attendait sinon le squelette d'un vieux fou sur un fauteuil branlant. Je me souviens d'avoir dormi, la nuit suivante, dans la même oasis que celle où j'avais eu si froid un an plus tôt. Cette fois, je m'y suis mieux reposée et j'ai pu marcher d'un bon pas toute la journée du lendemain.

Le soleil était déjà bas quand j'ai aperçu à l'horizon, dans un scintillement d'or, les murailles effondrées de Ban Baïtan. Je m'y suis dirigée, le cœur battant, effrayée par avance. J'ai retrouvé facilement la maison de Iorim, mais, devant elle, il n'y avait pas plus de Iorim que de fauteuil. J'ai cherché en vain dans les ruelles alentour. Peut-être avait-il changé de place ? Un souffle de vent tiède faisait voleter le sable fin autour de mes chevilles. Je me suis sentie oppressée. Je préférais cent fois la vraie solitude du désert à ce silence peuplé de fantômes. Pour lui échapper, je suis allée vers l'ancienne oasis, là-bas, à l'est de la ville. J'y dormirais sûrement mieux qu'au milieu de ces murs de poussière.

La végétation n'était pas morte. Y avait-il donc encore de l'eau ? D'après Grégoire, le désert avait gagné et on n'en trouvait plus ici. Étrange… Mais il y avait bien plus surprenant et, quelques mètres plus loin, je me suis figée. Juste devant moi, une cabane bancale, faite d'un assemblage hétéroclite de planches, de pisé et de branchages, s'appuyait à deux arbres maigres. De larges feuilles de palmier recouvraient le toit d'où une maigre fumée s'échappait par un tuyau tordu. Un cha-meau s'est ébroué à quelques mètres et m'a fait sursauter. Je me suis approchée sans bruit et j'ai tendu l'oreille : quelqu'un sifflotait dans la cabane ! Et cette joyeuse mélodie m'était familière. Je l'avais entendue pour la première fois à notre cam-pement, le soir de l'aigle royal, et c'était Iorim qui l'avait chantée. Les jours suivants, il l'avait sifflée

150

pendant des heures entières sur *L'Hirondelle*, pour passer le temps. Je ne risquais pas de l'oublier.

Iorim vivant ? Iorim revenu d'entre les morts ? Car mort, il l'était pour moi bel et bien ! Depuis des mois, je n'avais jamais pensé à lui autrement qu'au passé, et voilà qu'il serait revenu siffloter tranquillement son petit air moqueur ? Non ! Cette chansonnette-là, des centaines de gens devaient la connaître. J'ai poussé doucement la porte et j'ai failli tomber à la renverse. De bonheur et de saisissement ! Il se tenait de dos, dans les mêmes vêtements qu'autrefois, et semblait occupé à cuisiner quelque chose sur un vieux fourneau. J'ai murmuré son nom :

— Iorim…

Il s'est retourné :

— Oh, mademoiselle Hannah ! Quelle surprise !

« Oh non, Iorim, si quelqu'un ici a le droit d'être surpris, ce n'est pas vous ! Je vous laisse seul, sur un fauteuil déglingué, le jour de vos cent ans, sans provisions, sans eau, sous le soleil brûlant du désert, à des années-lumière de toute vie, sans espoir de secours, avec pour tout projet celui de mourir le plus vite possible. Et je vous retrouve un an plus tard, dans le même endroit, un tablier de cuisine noué autour du ventre, sifflotant votre chanson canaille, et vous faisant cuire un riz au lait ! Car c'est bien l'odeur du riz au lait qui

151

parfume délicieusement la cabane. Si, si ! Je m'y connais ! Vous en êtes à faire fondre le caramel ! »

— Iorim… Vous n'êtes pas…

Je voulais dire *mort*, bien entendu, et je regrettais déjà de ne pas avoir tenu ma langue, mais il a complété lui-même ma question :

— … encore passé à table ? Eh non, mademoiselle ! Figurez-vous que le lait de chamelle est très épais et j'ai sans doute mis trop de riz. Ça n'en finit plus de cuire ! Goûtez-moi ça, s'il vous plaît, et dites franchement ce que vous en pensez ?

J'ai soufflé sur la cuillère fumante et je l'ai portée à mes lèvres.

— Ça va, c'est très bon…

Je me trouvais dans un tel état de stupeur que j'aurais goûté et trouvé bon à peu près n'importe quoi !

— Alors, si le cœur vous en dit, nous le mangerons ensemble. Vous n'avez pas dîné, je suppose ?

La cabane était bien plus grande que je l'avais cru de l'extérieur. Et mieux aménagée. Je me suis assise sur une chaise à moitié dépaillée et Iorim a entrepris de dresser la table : une nappe rapiécée mais blanche, deux bols ébréchés mais propres, deux verres à pied avec une serviette roulée en cône dedans. J'étais si stupéfaite que je le regardais s'affairer sans pouvoir articuler un mot. Lui trottait en tous sens, ravi comme un jeune homme qui veut gâter sa fiancée. Il ne manquait plus que la bougie pour que cela devienne un parfait dîner d'amoureux. Mais j'ai à peine eu le temps d'y songer qu'il ouvrait le tiroir de la table :

— Que diriez-vous d'une petite bougie ? Après tout, ce n'est pas tous les soirs que je dîne en tête à tête avec une jolie fille ! Je crois même que la dernière fois remonte à plus de trois quarts de siècle, alors voyez…

Il a fait couler un peu de cire sur une coupelle et y a planté la bougie. Puis il a apporté le riz au lait, le caramel fondu, la carafe d'eau fraîche. Ses vieilles mains malhabiles dansaient pour me servir. Son visage était plus ridé qu'un parchemin.

— Je ne vous propose pas d'eau-de-vie…

« Oh non, Iorim, ne me proposez pas d'eau-de-vie, car il suffirait que j'en boive une goutte pour perdre la tête. Charmeur comme vous l'êtes ce soir, vous en profiteriez pour me demander en mariage et je ne sais pas si j'aurais la force de refuser… »

Tandis que je dégustais en silence le riz au lait, mille questions me venaient à l'esprit, mais j'ai su être patiente jusqu'à la dernière cuillerée.

— Dites-moi, Iorim, comment se fait-il…

— … que je sois encore vivant ? C'est ce que vous voulez savoir, n'est-ce pas ?

— Oui.

— Eh bien, figurez-vous que je suis encore vivant parce que la mort n'a pas voulu de moi ! Pourtant je lui avais mâché le travail, avouez-le ! Mais elle n'a rien voulu savoir ! Au bout de quarante-huit heures sur le fauteuil, j'avais bu presque toutes mes bouteilles, j'étais saoul comme un cochon, et rien ne venait ! En pleine forme, je vous dis ! Sec et maigre comme un coup de trique, puisque je n'avais rien mangé depuis deux jours, mais prêt à danser la polka s'il avait fallu. Une fois dégrisé, je me suis trouvé drôlement bête, vous pouvez me croire ! J'ai attendu encore un peu, au cas où ça serait venu d'un coup, comme ça, hop ! Mais je t'en fiche ! Rien du tout ! C'est là que j'ai commencé à m'ennuyer ferme. Je pestais tout seul : « Espèce d'imbécile, je me disais, tu as fait une sacré bêtise ! » Alors je me suis levé, j'ai mangé le pain que ce brave Grégoire avait laissé, et j'ai marché jusqu'ici, jusqu'à l'ancienne oasis. J'ai vu que l'eau était revenue. « C'est toujours ça, je me suis dit : je mourrai pas de soif… Il suffira juste que j'apprenne à en boire… »

Je l'écoutais, fascinée, sans savoir que le plus incroyable était encore à venir.

— Le soir même, j'ai distingué un nuage de poussière à l'horizon, du côté des montagnes. Je vous le donne en mille : c'était Grégoire qui revenait, à bride abattue. « Grand-père ! Grand-père ! », il criait, et il a couru vers moi. « Tu as oublié

154

quelque chose ? », je lui ai demandé. Il n'avait rien oublié. Il avait juste des remords. « Je peux pas vous laisser mourir ! Je peux pas vous laisser mourir ! », qu'il pleurait sur mon épaule. Et moi je lui ai répondu : « Ça tombe bien parce que moi, j'y arrive pas, à mourir ! » C'était pas une bonne réplique, ça ?

Iorim a éclaté d'un rire si contagieux qu'il nous a fallu un bon moment pour retrouver notre sérieux.

— Vous êtes donc reparti avec lui ?

— Pas du tout ! Il a essayé de me convaincre, mais je n'ai pas voulu en entendre parler. Je n'étais pas venu jusqu'ici pour faire demi-tour. Alors on a construit tous les deux cette cabane sous les arbres. Puisque je n'arrivais pas à mourir à Ban Baïtan, il ne me restait plus qu'à y vivre ! Finalement, c'est même plus agréable, tiens ! Je me demande pourquoi je n'y avais pas pensé avant… À cause de l'eau, sans doute…

— Et Grégoire ? Il revient souvent ?

— Une fois tous les deux mois environ. Tenez, il était là avant-hier. C'est dommage, vous l'avez raté de peu. C'est lui qui m'apporte tout ça : le riz, le sucre, le pain, l'eau-de-vie… Un brave garçon, allez ! Les meubles que vous voyez, on les a trouvés ici dans les décombres. Je bricole, je cuisine, le soir je vais jusqu'à la dune, là-bas, et je regarde le désert. Ah ça, je ne m'ennuie jamais !

Et maintenant que l'eau est revenue, il y a même des caravanes qui passent de temps en temps. Comme ça je vois du monde. Au fait, j'y pense, c'est à vous, cette bestiole ?

Il a poussé sa chaise et s'est dirigé vers un petit réduit sur le côté de la cabane.

Comment ai-je fait pour deviner ? Je ne sais pas. Ce sont des choses mystérieuses. Je me rappelle seulement qu'à l'instant même où il a prononcé cette phrase : *C'est à vous, cette bestiole ?*, j'ai eu la sensation que j'allais m'évanouir.

— C'est Grégoire qui l'a amenée avant-hier. C'est à vous ?

Il tenait au bout de son bras la cage de ma passerine. Elle était dedans. Ma petite passerine bleu turquoise. L'oiseau de mon enfance. Le cadeau de mon père. Ma princesse de mille ans.

La cabane s'est mise à tanguer autour de moi.

— Vous vous trouvez mal ?

— Non. Je vais bien. Je suis un peu… surprise.

ÉPILOGUE

En plus de la passerine, Grégoire avait apporté une lettre pour moi. De la part de mes parents adoptifs. J'ai attendu pour l'ouvrir que Iorim soit couché et je l'ai lue à la lumière de la bougie. Elle compte aujourd'hui parmi mes biens les plus précieux. Car on ne peut pas écrire plus belle lettre d'amour. Ils disent qu'ils ne m'en veulent pas de les avoir quittés. Que je ne leur appartiens pas. Qu'ils m'ont gardée quelque temps dans leur jolie cage, mais qu'ils savaient que je m'envolerais. Que ça se voyait dans mes yeux… Ils disent que je suis un petit animal sauvage… Ils me souhaitent d'être heureuse là où je suis. Ils aimeraient me revoir… Hoda aussi serait heureuse de me revoir…

J'ai pleuré longtemps sur cette lettre, de bonheur et de chagrin mêlés, puis j'ai passé la moitié de la nuit à essayer de leur en écrire une aussi belle. J'espère y être arrivée. Je l'ai confiée à Iorim, pour qu'il la remette à Grégoire, mon messager du Ciel.

Oh, Tomek, promets-moi qu'un jour nous reprendrons la route ensemble, vers le nord cette fois, et que je les reverrai. Dis-moi qu'un jour nous serons tous réunis. Presque tous…

Dès le lendemain, une caravane est passée et je l'ai suivie. Je ne pouvais pas emporter la cage, bien sûr, alors j'ai perché la passerine sur mon épaule et c'est ainsi que nous avons traversé le désert ensemble. Elle se tenait, toute bleue, sur la tunique blanche qu'on m'avait prêtée, et les gens ne voyaient qu'elle. Ils lui donnaient à boire dans le creux de leurs mains. Parfois, dans un bruissement d'ailes, elle prenait son envol et tournait un peu au-dessus de nos têtes, comme une flamme.

Je possède quelques trésors, désormais : cette lettre de mes parents adoptifs, la boussole de Iorim, la passerine de mon père, le parfum de Pépigom, la petite bague d'Alizée… Toi, Tomek, tu es mon trésor vivant. Voilà pourquoi je t'ai raconté, à toi et à personne d'autre, cette longue histoire qui est la mienne. Maintenant, comme promis, je vais me taire. L'histoire est finie. Il n'y a plus rien à dire. Mais puisqu'il faut un dernier mot, moi, la bavarde, je choisirai le plus joli de tous. Je l'ai appris dans le désert. Il se prononce *silence*.

TABLE DES MATIÈRES

Cet ouvrage a été composé par
Francisco *Compo* - 61290 Longny-au-Perche

Imprimé en France par **CPI**
en octobre 2016
N° d'impression : 3019036

Date initiale de dépôt légal : juin 2002
Dépôt légal de la nouvelle édition : décembre 2009
Suite du premier tirage : octobre 2016

www.pocketjeunesse.fr
POCKET JEUNESSE

12, avenue d'Italie – 75627 PARIS Cedex 13